共和国故事

缤纷百年

——北京大学举行建校百年庆典

王治国　编写

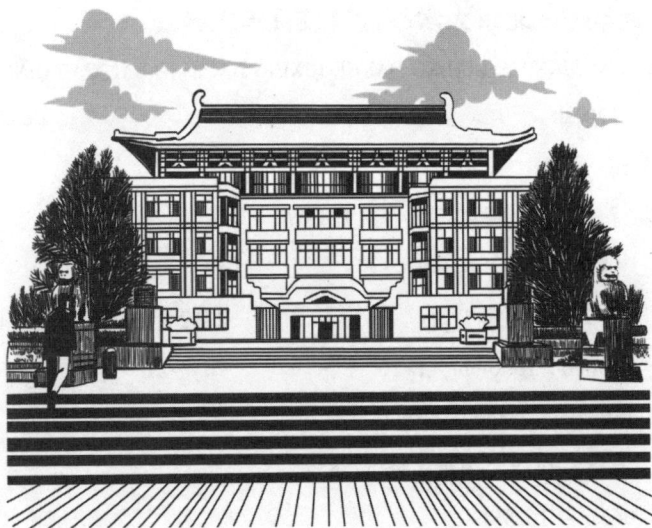

吉林出版集团股份有限公司

图书在版编目（CIP）数据

缤纷百年：北京大学举行建校百年庆典/王治国编. —

长春：吉林出版集团股份有限公司，2009.12

（共和国故事）

ISBN 978-7-5463-1838-7

Ⅰ．①缤… Ⅱ．①王… Ⅲ．①纪实文学－中国－当代 Ⅳ．①I25

中国版本图书馆 CIP 数据核字（2009）第 233769 号

缤纷百年——北京大学举行建校百年庆典

BINFEN BAI NIAN　　BEIJING DAXUE JUXING JIANXIAO BAI NIAN QINGDIAN

编写　王治国

责任编辑　祖航　宋巧玲

出版发行　吉林出版集团股份有限公司

印刷　三河市嵩川印刷有限公司

版次　2010 年 1 月第 1 版　　2022 年 1 月第 8 次印刷

开本　710mm×1000mm　1/16　　印张　8　字数　69 千

书号　ISBN 978-7-5463-1838-7　　定价　29.80 元

社址　吉林省长春市福祉大路 5788 号

电话　0431－81629968

电子邮箱　tuzi8818@126.com

版权所有　翻印必究

如有印装质量问题，请寄本社退换

前　言

　　自 1949 年 10 月 1 日中华人民共和国成立至今,新中国已走过了 60 年的风雨历程。历史是一面镜子,我们可以从多视角、多侧面对其进行解读。然而有一点是可以肯定的,那就是,半个多世纪以来,在中国共产党的领导下,中国的政治、经济、军事、外交、文化、教育、科技、社会、民生等领域,都发生了深刻的变化,中国人民站起来了,中华民族已屹立于世界民族之林。

　　60 年是短暂的,但这 60 年带给中国的却是极不平凡的。60 年的神州大地经历了沧桑巨变。从开国大典到 60 年国庆盛典,从经济战线上的三大战役到经济总量居世界第三位,从对农业、手工业、资本主义工商业的三大改造到社会主义市场经济体制的基本确立,从宜将剩勇追穷寇到建立了强大的国防军,从废除一切不平等条约到独立自主的和平外交政策,从“双百”方针到体制改革后的文化事业欣欣向荣,从扫除文盲到实施科教兴国战略建设新型国家,从翻身解放到实现小康社会,凡此种种,中国人民在每个领域无不留下发展的足迹,写就不朽的诗篇。

　　60 年的时间在历史的长河中可谓沧海一粟。其间究竟发生了些什么,怎样发生的,过程怎样,结果如何,却非人人都清楚知道的。对此,亲身经历者或可鲜活如昨,但对后来者来说却可能只是一个概念,对某段历史的记忆影像或不存在,或是模糊的。基于此,为了让年轻人,特别是青少年永远铭记共和国这段不朽的历史,我们推出了这套《共和国故事》。

《共和国故事》虽为故事,但却与戏说无关,我们不过是想借助通俗、富于感染力的文字记录这段历史。在丛书的谋篇布局上,我们尽量选取各个时代具有代表性或深具普遍意义的若干事件加以叙述,使其能反映共和国发展的全景和脉络。为了使题目的设置不至于因大而空,我们着眼于每一重大历史事件的缘起、过程、结局、时间、地点、人物等,抓住点滴和些许小事,力求通透。

历史是复杂的,事态的发展因素也是多方面的。由于叙述者的视角、文化构成不同,对事件的认知或有不足,但这不会影响我们对整个历史事件的判断和思考,至于它能否清晰地表达出我们编辑这套书的本意,那只能交给读者去评判了。

这套丛书可谓是一部书写红色记忆的读物,它对于了解共和国的历史、中国共产党的英明领导和中国人民的伟大实践都是不可或缺的。同时,这套丛书又是一套普及性读物,既针对重点阅读人群,也适宜在全民中推广。相信它必将在我国开展的全民阅读活动中发挥大的作用,成为装备中小学图书馆、农家书屋、社区书屋、机关及企事业单位职工图书室、连队图书室等的重点选择对象。

编　者
2010 年 1 月

目 录

一、盛大庆典

二、举行活动

三、百年辉煌

目 录

一、 盛大庆典

● 江泽民在北京大学党委书记任彦申和校长陈佳洱的陪同下，微笑着走到同学们当中，他不时地向欢迎的人群挥手致意。

● 北京大学主管外事的副校长迟惠生教授走上主讲台，他用英语响亮地宣布："'面向21世纪的高等教育——世界著名大学校长论坛'开幕!"

● 北大校内设立了分会场，电教室、食堂、会议室等有电视机的地方，都围满了驻足观听的师生和校友，群情振奋。

江泽民冒雨到北大参加庆典

1998 年 4 月 29 日，距离北京大学建校 100 周年纪念日只剩下短短的 5 天。连绵的春雨淅淅沥沥地下个不停，仿佛为节日的盛装在做最后的梳洗打扮。

8 时 50 分，中共中央总书记江泽民一行来到北大。

江泽民在贾庆林、曾庆红、陈至立、由喜贵、王沪宁、贾廷安等领导同志的陪同下，来到北京大学考察，祝贺北大百年校庆。

在蒙蒙细雨之中，江泽民健步走下汽车，同早已等候在那里的北京大学党委书记任彦申、校长陈佳洱等校领导亲切握手。

此刻，北京大学古雅恬秀的校园，沉浸在一片喜庆气氛中。

江泽民对任彦申和陈佳洱同志说："我这次是来祝贺北大百年校庆的，5 月 4 日你们在人民大会堂的庆祝大会我要参加，但那不能代替我来北大看望师生，所以我要亲自到学校来。"

江泽民带着兴奋的表情接着说："这些天我一直在看北大的材料，越看越觉得北大真是了不起啊！你们的校庆实际上已经开始了，我就是为你们烘托气氛来的。"

江泽民首先来到北京大学赛克勒考古与艺术博物馆，

参观了北京大学珍藏的文物。

这些文物，绝大部分是北京大学考古专业师生在野外实习时，挖掘并保存下来的。

考古系主任、博物馆馆长李伯谦教授为江泽民作了现场讲解和介绍。

江泽民不时地停下脚步，仔细地观看展品，提出问题。

然后，江泽民还参观了蛋白质工程及植物基因工程国家重点实验室，全体师生夹道欢迎。

著名青年科学家、北大副校长陈章良教授为江泽民介绍了植物克隆等有关科技发展情况，这引起了江泽民的极大兴趣。

在计算中心，江泽民听取了石青云院士有关北大校园网建设的情况汇报。

石青云为江泽民做了指纹识别系统、图像压缩技术系统和说话人识别系统现场演示。

石青云还告诉江泽民：我国指纹自动识别技术目前仅有 100 多万人的库存，而一些发达国家的库存要大得多。

江泽民关切地对他们说："人的指纹各不相同、终生不变，对搞好社会管理有重要的开发价值。这项工作要加强，在法律规定上也应进一步研究。"

江泽民还特意来到正在上课的计算机实验室，与学生亲切交谈。

从计算中心出来后，江泽民一行在微雨中乘车游览了风景秀美的未名湖区。江泽民对未名湖赞不绝口，他说，未名湖因未名而有名，北大的环境真是太美了。

10时，北京大学图书馆文科参考书阅览室里，除了勤奋用功的同学们轻微的脚步声和柔和的翻页声，保持着惯常的安静。

忽然，门边的几声掌声打破了这种宁静。随着一个人的逐步走近，掌声迅速地蔓延开来，两三秒之内便连成一片。

原来，江泽民在北京大学党委书记任彦申和校长陈佳洱的陪同下，微笑着走到同学们当中，他不时地向欢迎的人群挥手致意。

"我冒雨来看大家了。"那亲切和熟悉的话音在同学们的耳边响起。

早在1992年，江泽民曾为北京大学图书馆题词：

几代英烈，百年书城，发扬传统，继往开来。

这次，江泽民又为图书馆重新题写了：

百年书城

江泽民的题词，反映了北大和北大图书馆辉煌的历史。

1918 年，在中国传播马克思主义的第一人，中国共产党的创始人之一李大钊受聘为北大图书馆主任，后来又兼职史学、政治、经济等系教授。

李大钊除讲授唯物史观、国际工人运动、社会主义的将来等课程外，还在《新青年》《新潮》等刊物上发表《我的马克思主义观》《庶民的胜利》等文章，并发起组织了北京大学马克思学说研究会、社会主义研究会等，团结了一批信仰马克思主义的人开展学习和研究。

在学习和研究中，他们注意理论联系实际，把马克思主义传播到学生和工农群众中去。同时在思想上、理论上为中国共产党的建立做了准备，并通过宣传、教育，初步形成了马克思主义的群众基础。

1920 年 10 月，李大钊等在北京成立共产党早期组织，其中绝大多数成员是北大师生，北京大学又是当时北京小组的活动根据地。

中国共产党成立之前，各地共产党早期组织共有 8 个，其中 6 个组织的发起人、负责人是北大校友。

1921 年 7 月 23 日，中共一大召开，出席代表 13 人中有北大校友 5 人。当时全国共有共产党员 50 多人，其中北大校友占了 21 位。

这些都说明，北京大学是马克思主义在中国传播的最早基地，是产生中共党人的摇篮之一。

在视察了北京大学图书馆新馆的外观之后，江泽民来到老馆文科开架阅览室。

正在那里学习的学生们喜出望外，纷纷向江泽民致敬问候。

江泽民非常高兴，一一询问了在场学生的专业，并用英、俄、法、德等几种语言与学生交谈，还兴致勃勃地当场背诵了《滕王阁序》片段。场面非常热烈，掌声、笑声此起彼伏。

在与学生交谈中，江泽民兴趣极浓，不断变换着话题，但始终围绕着如何全面提高素质、全面成才这个主题，一再强调要学习、学习、再学习。

热烈交谈之后，学生们与江泽民依依不舍地话别，用热烈的掌声欢送江泽民走出了图书馆。

10 时 25 分，江泽民来到北大勺园会议大厅，与早已等候在那里的北大师生代表进行了座谈。

座谈会由任彦申主持，陈佳洱介绍了北大的相关情况，季羡林、王选、刘忠范等代表相继发了言。

见到季羡林先生，江泽民说："久闻大名，如雷贯耳，今日一见，三生有幸。"

季羡林对江泽民提出："如今社会上普遍存在重理轻文的现象。"

江泽民说："任何一个学理工的，不懂文科是不行的。我非常赞成和支持季老的意见，要重视文科，文理兼通。我是学理工的，但对文科也有一些爱好。北大是综合性大学，既有文，又有理，要进一步充实提高。学问是相通的。我最近看了李政道先生的 *Science and Art*，他把艺术与科学联系了起来。

"中国有句俗话'熟读唐诗三百首，不会作诗也会吟'，我主张小孩子也要学一些。"

接着，江泽民当场背诵了《陋室铭》以及李清照的词，赢得在场师生的热烈掌声。

江泽民还用英语询问了参加座谈会的两位外籍教师，和他们一起探讨关于中国文化的问题。

在谈到北大的著名学者时，江泽民深情地说："北大名人很多，在场的季老年纪最长。在中央政治局里，我的年龄是最大的，但在季老面前是小弟弟。北大有中西结合的学术传统，从梁启超开始就是这样。严复翻译的《天演论》我是看过的……"

被誉为"当代毕昇"的王选发言后，他对江泽民说："现在，北大方正的排版系统已经占领了国内市场的99%，并在许多国家得到应用。您当年提出，在具备一定条件以后，还可将产品打入国际市场。您的这个意见，现在已经完全实现了。"

最后，江泽民再次强调说："我今天来，一是祝贺校庆，二是与学生、老师和领导进行交流，三是来向大家学习，包括向年轻人学习。"

任彦申在座谈会上总结说："总书记的讲话语重心长，北大的历史会记住 1998 年 4 月 29 日这一天，总书记视察北大将成为我国实施科教兴国战略和北大发展的巨大推动力。"

座谈会结束后，江泽民和其他领导同志及与会的师生合影留念。

按原定计划，照相结束后，江泽民一行就将返回中南海。但走出勺园会议大厅以后，江泽民看到围观在现场的师生，就热情地向大家招手致意，还兴致极高地来到北京大学学五食堂，看望正在那里就餐的学生。

北京大学学五食堂内外，人山人海。

江泽民在食堂里与学生亲切交谈，查看了饭菜质量，风趣地夸奖道："很香！可惜我没有带饭盒。"

江泽民还在售饭窗口与食堂师傅握手，向他们表示慰问。

走出学五食堂，江泽民向在场的师生高声说道："向你们祝贺校庆！"

在场师生回应道："欢迎总书记来北大！"

现场气氛十分热烈。

12时，江泽民乘车离开了北大，大家久久没有散开，仍在回味刚刚过去的令人铭刻在心的场景。

百位校长相聚北大共论高教事业

1998 年 3 月 25 日，在北京大学举行的"世界著名大学校长论坛"拉开帷幕。

"论坛"得到海内外高等教育界的热烈响应。

5 月 2 日，在北京大学迎来百年华诞之际，来自牛津、斯坦福、加州、东京大学等 60 余所著名大学的校长，国内 30 余所大学的校长在北京聚集一堂，举行世界大学校长论坛，这次论坛的主题为"面向 21 世纪的高等教育"。

此时，中国大饭店会议厅一派节日的气氛。主席台正中，红色的屏风衬着金色的英文会标。台前洁白的百合，台侧葱绿的油松，将整个会场装点得典雅而庄重。

8 时 30 分，贵宾们陆续步入会议厅。他们当中，不少人是"旧友"，更多的人是"新朋"。大家相互问候，亲切交谈，就近落座。

9 时整，中共中央政治局常委、国务院副总理李岚清，中共中央政治局委员、北京市市委书记兼市长贾庆林，教育部部长陈至立等在主席台上就座。

这时，北京大学主管外事的副校长迟惠生教授走上主讲台，他用英语响亮地宣布：

"面向 21 世纪的高等教育——世界著名大学校长论坛"开幕！

热烈的掌声过后，北京大学校长陈佳洱用一句英文"早晨好"，开始了简短的致辞。

陈佳洱代表组织并倡导这一论坛的北京大学，向与会的海内外嘉宾表示了诚挚的欢迎。

举办这次大学校长论坛是北京大学百年庆典活动中的重要部分，在中国教育史上尚属首次。论坛会期两天，大学校长们将共同探讨 21 世纪人类高等教育发展趋势，就大学的地位和作用、教学战略、大学与社会的联系、管理与财政事务等问题发表意见。

在又一阵热烈的掌声之后，李岚清副总理发表了热情洋溢的讲话。他说：

尊敬的女士们、先生们：

自人类进入文明时代以来，"教育"这个名词便在人类生活中占据了越来越重要的地位。

中国的教育虽有很长的历史传统，但现代意义上的大学，是在向西方学习的过程中产生的，然而她是深深根植于中国民族文化、教育传统的土壤中发展起来的。

2000 多年来，高深的学问在中国以其独特的方式得到积累、培植，并形成了中国自己的学术传统。

到大约 100 年前，中国开始出现自己现代的大学。北京大学就是少数几所最早的中国现代大学之一，她为开拓知识的疆域、促进中国的学术与社会的进步作出了重要的贡献。

李岚清指出，高等教育发展的核心是学术和人才，在传统与现实、历史与未来、科学与人文、理论与经验、个人与社会之间的关系中，起着十分重要的作用。

迎着 21 世纪的曙光，人们正在迎接未来的机遇和挑战。其中知识，包括科学和技术，在新的世纪里，比在人类存在的以往任何时期都将发挥更多更大的作用，这已成为人们的共识。

中国政府认为中国现代化建设必须依靠教育，教育必须为中国现代化建设服务，并把发展中国的科学和教育事业作为头等重要任务，制定了科教兴国的战略。可以预言，中国的高等教育在 21 世纪一定会在中国的发展中发挥应有的作用。

李岚清在讲话中强调：中国是一个发展中国家，中国的现代化是一个长期的过程。21 世纪中国高等教育的发展要紧紧围绕这个实际。

当今高等教育的发展越来越取决于外部环境对它提出的需求和为它提供的支持。经济增长方式的转变，要求高等教育的发展不仅要注重发展过程中的数量问题，而且更要注重结构、质量和效益问题。

中国现有普通高等学校 1000 多所，成人高等学校 1000 多所，在校生规模在 600 万人以上，可谓一个高等教育大国。但又不等于是一个高等教育强国，高等教育的质量还有待进一步提高。在下一个世纪，我们要力争有一批大学跻身于世界一流大学的行列。

李岚清在讲话中还说，大家不远万里相会在一起，回顾历史，研讨教育现状，展望教育的未来，将对世界高等教育的发展十分有益。

李岚清最后说：

北京大学已走过了 100 年的历程。各位校长从世界各地来到北京，在北京大学共度百年庆典，为这次活动增添了特殊的光彩。这是北京大学百年历史上前所未有的荣耀。这也是众多历史悠久、卓有成效的大学的校长们的一次空前盛会。

如果把各国的大学作为一个国际大家庭来看待的话，任何一所大学都是国际大学家族中的一员，都生活在与国际大学家族的交往、合作之中。今天的论坛便充分体现了世界上大学之间这种联系。我相信，这次论坛一定会进一步加深彼此之间的了解，加深相互之间的友谊，为今后共同的交流与合作，为创造人类的美好未来作出贡献。

开幕仪式结束后，校长论坛开始了第一单元有关
"21世纪大学的地位和作用"的讨论。

北京大学校长陈佳洱教授、牛津大学副校长科林·
卢卡斯教授、美国加州大学伯克利分校校长田长霖教授
和台湾大学校长陈维昭教授，分别作了主题发言。

有备而来的中外大学校长们，面对海内外记者提问
轻松自如地应答，使场内浓郁的学术气氛与场外和煦的
春风融为一体。

尽管来自不同的国家，有着不同的经济发展程度、
不同的高教体制和不同的文化背景，但中外校长们对未
来高等教育中一些重要问题的看法却有着很大程度的
共识。

牛津大学副校长科林·卢卡斯教授称此次盛会是一
个非常好的机会，因为它"提供给每个校长去倾听别人
的思想并且学习的机会，这也是此次论坛的精髓"。

谈起对北大的印象，卢卡斯教授说：

> 今天来到的大学校长之所以如此众多，是
> 因为北京大学在世界上是一所举足轻重的大学。

香港科技大学吴家玮教授，同时也是北京大学的名
誉教授。

他在谈及 21 世纪的高等教育时说：

> 每一种类型的大学都面临着不同的挑战，而北大作为一所著名的综合性大学，所面临的挑战也将更大，但就像每个人都要决定自己将来的走向一样，一个大学首先要弄清自己面临的是何种挑战，才能决定怎样去应付。

来自马里兰大学的贵宾是一位美籍华人。他曾经多次来到北大，最近的一次是在 90 年代初，他非常熟悉地谈起了北大的历史和五四运动。

当记者问他是否是北大校友时，他笑着说：

> 如果能成为北大的校友，那将是一生的荣幸。我虽然不是北大人，但北大是全世界华人的骄傲。

应邀出席会议的不仅有近百所大学的校长，一些高等教育问题的专家也列席会议。

在 5 月 2 日至 3 日为期两天的会议中，与会代表就 21 世纪大学的地位与作用、21 世纪的教学战略、21 世纪的大学与社会的联系、21 世纪大学的管理与财政事务 4 个议题分组展开讨论。

作为百年庆典系列活动的最重要组成部分，论坛的规模之大、层次之高，在中国教育史上尚属首次。

由在中国教育界历来开风气之先的北京大学发起召开的这次论坛，既体现了北大校庆"弘扬传统，繁荣学术，面向未来，促进发展"的宗旨，更是教育面向未来、面向世界、面向现代化的大势所趋。

四海校友相聚北大话母校

1998 年 5 月 4 日，这个北大人向往已久的日子终于到来了。

6 时，学生宿舍区已经热闹起来。有幸前往参加大会的几千名北大在校学生精神焕发，满腔热情地准备参加这次世纪盛会。

8 时整，100 辆蓝白相间的黄海大客车分两路由东、西校门分别驶上二环与三环。

车上的人与车下的人一起激动着：北大百年的旅程与祖国的巨大变革息息相关，今天他们前往人民大会堂，不仅要在回顾中感受北大的沧桑和巨变，更要在展望中感知对未来的抱负和不尽的责任。

9 时左右，100 辆蓝色的北大车队停在了人民大会堂东侧。8000 多名北大校友、师生从世界各地会聚到了这里，原本空旷的天安门广场因这些人的到来而顿时喧闹起来。

在这个春风荡漾、鲜花绽放的季节里，人民大会堂里里外外都洋溢着节日的气氛。江泽民为北大百年校庆题词的横幅，醒目地悬挂在会场。

江泽民的题词写道：

发扬北京大学爱国、进步、民主、科学的优良传统，为振兴中华作出更大贡献。

中文系 55 级的一位校友手拄双拐下了车，他是专程从福建过来的。41 级中文系校友马识途也专程从成都赶来了。

在穿越广场的人流中，85 岁的外语系 33 级校友吴文焘拄着拐杖一步步登上台阶，手里拿着鲜红的嘉宾请柬。

吴文焘曾连续 4 次作为人大代表到人民大会堂开会，这一次却是为着母校的生日。

他说："我真遗憾，由于腿不好，不能回母校，听说学校很热闹，真想回去呀！"

中科院院士陈能宽特意带来刚从旧资料中发现的一份报告提纲，感慨地说："1956 年我回国后在北大物理系作的第一个报告，至今历历在目。北大走过百年，在新中国的半个世纪尤其是改革开放后的 20 年，北大所作的贡献是世人瞩目的。"

杨光，这位 77 级的地球物理系学生与他在北大的两位老师王永生、李守中亲切地交谈着。1985 年赴美的杨光与老师久未谋面，没想到却在人民大会堂，在庆典上喜相逢，怎么能不笑呢？杨光说自己是地道的北大人，从附小到附中再到北大。

他说："北大老师们对我一生产生了重大且深远的影响，北大的教育使我在今后的发展中受益匪浅，谢谢

盛大庆典

北大！"

在人民大会堂东门大厅里，手持不同请柬的校友们热烈交谈合影。

满头银丝的老先生与朝气蓬勃的学生们都沉浸在这喜庆欢乐、充满希望的氛围里。

在三三两两聚集的校友中，穿军装的58级物理系校友段金龙显得沉着而深情，他说："5月3日我重回燕园转了一圈，感觉自己又焕发了青春，校园的和谐、向上的氛围正适合年轻人的成长。"

段金龙说："这些年北大变化很大，发展很快，人民大会堂的庆典又体现了党和国家对北大的关怀，我对北大的前景很有信心。

"母校百岁生日，自己既高兴又惭愧，没有为母校作出更大的贡献。"

从美国赶回北京参加百年校庆的中文系48级校友殷德厚、中文系50级校友霍汉姬夫妇携手走进人民大会堂。

他们还记得在沙滩红楼读书时传唱的那首《民主进行曲》：嘹亮的钟声在回响，东方发出黎明的曙光，钟声唤醒了年轻的一群，我们向着钟声尽情歌唱……

殷德厚与夫人霍汉姬将自己近年来的著作作为礼物送给了中文系。

目前定居美国三藩市的殷德厚夫妇感慨地说："尽管我们拿着美国的国籍，可我们无时无刻不在想念祖国、想念北大。"

在美国学习、生活的 **IBM** 公司的董缙先生感慨地说，相对于美国大学而言，北大完全具有成为世界一流大学的潜力和标准。董缙先生说："我们的目的不是固步自封，对学问的态度、精神的力量是我们面向未来最大的动力。"

在东门大厅的校友贵宾中，皮肤黝黑、来自苏丹的加法尔是北大历史系博士后。他已来中国 3 年，他学习研究的是中国与中东关系，此次作为嘉宾也来参加了这次世纪庆典。

加法尔十分兴奋地说："我为身为北大人而骄傲，我喜欢中国，我喜欢北大。"加法尔说回国后他可能会进入大使馆工作，他表示将努力加强与中国的联系，促进中苏的交流与合作。

隆重举行百年校庆盛典

1998 年 5 月 4 日 10 时整，在嘹亮的国歌声中，北京大学成立 100 周年纪念大会拉开帷幕。

江泽民、李鹏、朱镕基、李瑞环、李岚清等中央领导同志走上主席台，向与会的北大校友们挥手鼓掌致意。

庆祝大会在庄严的国歌声中开始举行。北京大学校长陈佳洱院士首先介绍北大的光荣历史和发展现状。

100 年来，北大培养了近 20 万名毕业生。其中许多学子成为社会各界卓有建树的优秀人才，他们在影响和推动中国近现代思想理论、科学文化和高等教育发展的进程上，在社会主义现代化建设中发挥了重要的作用。

诚然，科学化的学风和整个校园见贤思齐的氛围，使北大人才辈出，硕果累累。

中央研究院于 1948 年评选的首届院士中，45% 是北大校友，首届中研院院长是蔡元培。

早在 1917 年 1 月蔡元培担任北大校长时，他在推进北京大学革新中，聘任了一大批改革人物，如陈独秀、李大钊、刘半农、鲁迅、胡适等等。他们高举科学、民主的大旗，在《新青年》等刊物上讨论新诗、白话文、文学革命、科学的起源与效果、劳动神圣、精神独立、女子、婚姻等问题；介绍尼采的宗教、马克思的学说、

斯宾塞的政治、日本的新村等等。

值得注意的是，一些新文化运动健将的有些思想、言论早在《甲寅月刊》《甲寅日刊》上发表过，甚至也在迁京之前的《新青年》上发表过，但影响均不大；而一旦北大师生大量投入，甚至成为《新青年》的撰稿人之后，情形大变，《新青年》一跃成为倡导新文化运动的旗帜。再加上北大学生办起的《新潮》《国民》《每周评论》《努力周报》《少年中国》等刊物与《新青年》相呼应，产生了更强烈的群体效应，北京大学自然成了新文化运动的主阵地，而后又成为五四运动的策源地。

陈佳洱院士还介绍了北大的各个学科现状。

目前，北大共有 8 个学院和 23 个系、52 个研究所、63 个研究中心、2 个国家级工程研究中心、42 个国家重点学科，已建成国家重点实验室 11 个、国家重点学科专业实验室 4 个。

北京大学是中国推进现代化建设的一个重要教育中心和科学研究中心。

事实上，北大学科改革由来已久。教育家蔡元培出任北大校长，对北大进行了一系列成效显著的改革，其中之一便是建立各科研究所。

蔡元培认为要把北大办好，使之成为可与西方现代大学媲美的世界一流大学，必须加强科学研究，使教学与科研相辅相成，互相促进。他说："所谓大学者，非仅为多数学生按时授课，造成一毕业生资格而已也，实以是为共同研究学术之机关。"

在蔡校长倡导下，北京大学于 1917 年设立了文、理、法各科研究所，开中国大学设科研机构之先河。

1920 年后，国内各大学逐渐也有研究机构建立，到 30 年代，中国大学中建立研究所、院已成普遍现象。

进行科学研究，就要讲究科学方法。蔡元培说："研究也者，非徒输入欧化，而必于欧化之中，为更进之发明；非徒保存国粹，而必以科学方法，揭国粹之真相。"这里他明确提出了学习、借鉴、继承的目的是创新，是进步。

在蔡先生倡导下，1917 年 2 月 12 日，北大理科研究所举行了中国最早的物理学讨论会。

1918 年 2 月，北京大学开始了中国现代最早的民俗学歌谣研究。

1930 年，曾三度代理北大校长的蒋梦麟开始执掌北大，他提出"教授治学，学生求学，职员治事，校长治校"的 16 字方针，对学校工作进行了全面整顿，设文、理、法三学院，下设 14 个学系。

实行教授专任制，聘请了一批知名教授，特别是理学院吸收了一大批一流科学家，使北大理科得到较快发展。

蒋梦麟主持制定《国立北京大学组织大纲》，明确办学宗旨为"研究高深学问，养成专门人才，陶融健全品格"，并借鉴美国的大学教育制度，对旧的教学和科学研究制度进行了大刀阔斧的改革：推行学分制，要求毕业生撰写论文并授予学位，正式设立研究院，推进高等教育的正规化。

蒋梦麟还多方筹集资金，1931年北京大学与中华教育文化基金会设立合作研究特款。1934年北大动工兴建新的图书馆；理科各系设施得到相当的改善，到1935年，北大已建成实验室40多个，拥有实验仪器6716件，标本15 788种，药品及实习用具3100多件，设备条件居于全国高校前列。

蒋梦麟掌校期间，正是民族危亡、内忧外患之时，而经过亡校风波的北大却在教学与科研水平方面稳步上升。蒋梦麟这位中国现代杰出的教育家实在功不可没。

在庆祝大会上，江泽民以十分高兴的心情发表了热情洋溢的讲话。

他代表党中央、国务院，并以他个人的名义，向北京大学的全体师生员工表示热烈的祝贺，向全国高等院校的师生员工和广大从事教育工作的同志们致以亲切的问候。

江泽民首先回顾了北大的光辉历程，他说：

> 一个世纪以来，北京大学随着时代的步伐前进，成为享誉中外的著名学府。
>
> 北京大学有着光荣的革命传统，是新文化运动的中心和五四运动的策源地，最早在我国

传播马克思主义和科学、民主的思想。中国共产党的主要创始人和一些早期的著名活动家，新文化运动的先驱和一批著名的进步学者，都曾在这里工作或学习过。

毛泽东同志在北大工作期间，通过阅读传播马克思主义的著作和具体了解十月革命，思想迅速地朝着马克思主义的方向发展。北京大学作为我国重要的教育学术文化阵地，为祖国培养了一代又一代优秀人才，在社会科学和自然科学领域创造了许多重大成果，为我国的革命、建设和改革事业作出了重要的贡献。

他在讲话中强调指出，北大在长期发展和斗争历程中形成的爱国、进步、民主、科学的光荣传统，显示的不断钻研、求实、创新、向上的优良学风，生动地体现了中国人民自强不息、开拓进取的民族精神，也是北大永葆生机的重要动力。这种优良传统和精神动力，要永远发扬光大。

在谈到五四青年节时，江泽民对北大代表的所有高校大学生提出了4点希望：

希望你们坚持学习科学文化与加强思想修养的统一。

首先要刻苦学习，掌握现代科学文化知识。

这是成才的重要前提。要学有专长，同时努力拓宽知识面，用人类社会创造的一切优秀文明成果丰富和提高自己。求知与修养相结合，是中华民族的一个优秀文化传统。没有好的思想品德，也不可能把学到的知识真正奉献给祖国和人民，也就难以大有作为。

青年时期注重思想修养，陶冶情操，努力树立正确的世界观、人生观、价值观，对自己一生的奋斗和成就将会产生长远而巨大的作用。

希望你们坚持学习书本知识与投身社会实践的统一。

要健康成长，不仅要学习书本知识，而且要向社会实践学习，自觉地投身于火热的改革开放和现代化建设实践。人民群众的社会实践，是知识常新和发展的源泉，是检验真理的试金石，也是青年锻炼成长的有效途径。

青年人要立志到祖国和人民最需要的地方去，到条件艰苦的地方去，磨炼意志，砥砺品格，把学得的知识用于实践，在实践中继续学习提高。艰辛知人生，实践长才干。这是古往今来许多人成就一番事业的经验总结。

希望你们坚持实现自身价值与服务祖国人民的统一。

青年人富有遐想和抱负，憧憬着美好的未

来。这是青年的特点，也是优点。但需懂得，个人的抱负不可能孤立地实现，只有把它同时代和人民的要求紧密结合起来，用自己的知识和本领为祖国为人民服务，才能使自身价值得到充分实现。

如果脱离时代，脱离人民，必将一事无成。波澜壮阔的改革开放和现代化建设，为全国各族青年展示才华，实现志向，提供了广大的舞台。生长在这样的时代是幸福的。广大青年一定要虚心向革命先辈和人民群众学习，在为祖国的竭诚奉献中焕发出青春的绚丽光彩。

希望你们坚持树立远大理想与进行艰苦奋斗的统一。

青年人要有理想，还要有实现理想的坚定信念和脚踏实地、百折不挠的奋斗精神。建设有中国特色社会主义，实现中华民族的振兴，是非常艰巨的事业。

我国还处在并将长期处在社会主义初级阶段，在前进的道路上必然会遇到许多这样或那样的困难与挑战。

广大青年一定要深刻认识我们的国情，要有坚忍不拔的充分思想准备，取得成绩时不盲目乐观，遇到困难时不气馁悲观。创业维艰，奋斗以成。历史的胜利与成功，永远属于具有崇高理想、坚定信念的艰苦奋斗的人们。

尤其在最后，当江泽民用激昂的声调号召"向着新世纪前进，向着现代化的光辉目标前进，向着中华民族的伟大复兴前进"时，全场的气氛达到了最高潮，如潮的掌声持续了好久。

教育部部长陈至立宣读了教育部的贺信。

贺信全文如下：

北京大学：

值此你校隆重举行百年校庆盛典之际，谨致以热烈的祝贺！并向全体师生员工和海内外校友致以诚挚的问候！

北京大学是我国最为重要和著名的高等学府之一，在20世纪中国的历史上具有举足轻重的作用。北大的百年辉煌历程，始终与祖国的命运休戚相关。作为新文化运动的中心和五四运动的发源地，作为中国传播马克思主义思想的发祥地和中国共产党早期活动的重要场所，她为实现民族独立和人民解放、推动中国革命和社会进步起到了重要的先锋作用。

北京大学的创立，是中国近代高等教育发展的重要标志。

她在长期的办学历程中，汇集了众多著名

的专家学者，形成了活跃而浓厚的学术氛围，积累了丰富的办学经验，她的"爱国、进步、民主、科学"传统，深深根植于百年的办学历史中。她对中国近现代思想文化、科学技术、高等教育的发展进程，产生了深刻的影响。

新中国成立后，北京大学进入了新的发展时期。党和政府高度重视北京大学在我国教育、文化发展中的重要地位，对北大给予了大力的支持。

学术全面贯彻党和国家的教育方针，重视基础研究，注重提高教育质量，为我国社会主义建设培养了大批优秀人才，取得了丰硕的科研成果。

特别是改革开放以来，北京大学积极适应经济、社会不断发展的要求，致力于深化改革，加快发展，积极参与国家重大科技、经济、社会问题的研究和解决，继承和弘扬祖国传统文化，在加强学科建设、延揽优秀人才、发展高新科技、促进科技成果产业化等方面取得了新的成绩，为我国的社会主义现代化建设和高等教育事业的发展作出了重要的贡献。

今天的北京大学，已成为我国高层次人才培养和科学研究最重要的基地，也是一所代表我国高等教育和科学文化先进水平的大学。

在世纪之交，北京大学同祖国一起走过了风雨兼程的 20 世纪，迎来了新世纪的曙光。北京大学的百年校庆，不仅是北大发展史上的一件大事，也是我国教育界的一件大事。

随着国家科教兴国战略的进一步实施，教育和科技将在我国现代化建设中发挥越来越巨大的作用，有着百年历史、在国际上享有盛誉的北京大学承担着光荣的历史使命。

把北京大学建设成为世界一流的大学，不仅是几代北大人的梦想，也是国家对北大的期望。我们希望北京大学能够继往开来，继承和弘扬百年优良传统，在新世纪铸造新的辉煌！

北京市副市长林文漪在会上宣读了北京市人民政府的贺信。

信中说：

北京大学已走过了波澜壮阔的 100 年，今后的道路更加宽广，事业更加辉煌。在伟大的中国共产党领导下，北京大学一定会发扬传统，再创辉煌，成为世界一流大学！

联合国秘书长安南也发来贺信，他高度赞扬了北京大学对中国的科学、文化生活所产生的巨大影响，并对北大组织"面向 21 世纪的高等教育论坛"表示赞赏。

安南的特使、秘书长外事办公室主任环纳在庆祝大会上宣读了安南的贺信。

贺电全文如下：

在北京大学百年校庆之际，我谨向贵校师生致以最热烈的敬意，深感荣幸。

北京大学是一个名声显赫的学术中心。长期以来，她对中国的学术、文化生活产生了巨大影响。众多杰出学者正是从北大起步进而对高等教育、全球觉悟以及社会进步作出重大贡献。

为充分发挥联合国的潜能以应付日益复杂的世界所面临的种种挑战，我们必须使政治界和知识界承担义务以完成这个任务。在此深刻变革之际，像贵校这样的机构在世界事务获取了业已提高的重要地位。它们有助于揭示变革的重要性，并创造更加美好明天的知识讲坛。为此，我赞赏贵校主办以 21 世纪高等教育为主题的论坛的主动性。

由于深受贵校这个伟大学术基地长期保持的崇高学术与其思考水平的激励，我相信你们将继续运用你们的学识、远见以及分析能力去帮助应付我们这个时代的各种问题。人类繁荣的希望之源存在于此，而我们离实现成为联合国的目标越来越近的希望之源也存在于此。

清华大学校长王大中院士、牛津大学副校长卢卡斯也先后在会上致辞，对北大百年华诞表示祝贺。

北大校友代表、物理系49届毕业生于敏院士，北大学生代表、经济学院94级本科生叶建第也在会上发言。

北大教授季羡林也出席了庆典，并在主席台就座。他深情地对记者说：

　　100年了，北大继承了中国知识分子以天下为己任的爱国主义传统，高举民主、科学大旗，与国家和民族同呼吸、共命运，铸就了她的百年辉煌。惟其如是，才有了此时此地的世纪盛典，这是历史、是国家、是人民给予北大的荣耀。

庆祝大会由北京大学党委书记任彦申主持。他在会议结束时表示：

　　在实施科教兴国战略，推进建设有中国特色社会主义的伟大事业中建功立业，为把北京大学建设成为世界一流大学而继续努力奋斗。

盛大庆典

031

走出会场的贵宾、校友、师生们热烈地谈论着。

北大附中初二的学生吕佳说，今天会上印象最深的是热烈的掌声，"从来没听过这样热烈的掌声"，她深受鼓舞，坚定而满怀信心地告诉记者："将来一定考北大。"

来自中科院的校友们都说，在整个大会中不但感受到了党和国家对教育的重视和关怀，感受到了北大的历史和精神的魅力，也感受到了年轻人的憧憬、热情和理想。

校友们说："这次大会是为年轻人开的，未来的辉煌就看你们的了。"

来自香港的一位嘉宾，很高兴看到那么多青年学生来参加大会，看到老师、同学打成一片，他说：

这是非常难得的。

他还说：

北大除了有很高的科学文化水平，更重要的是在于有思想。

这次盛会同样使他体会到了这一点。

百年校庆的世纪盛会，无论对于北大师生，还是中国的知识教育界，都具有举足轻重的意义。科教兴国已成为不可逆转的历史潮流，北大将在这股潮流中勇挑重担。

本次盛会不但让学生们更深刻地认识到北大的优秀传统，也对中国教育思想和体制的改革起导向作用，将进一步提高北大的国际地位和影响力，向世界宣告中国的大学正向世界一流行列迈进。用北大一位校友的话说：

　　这将是一座世纪的丰碑！她不仅在五四运动中引领中国冲破封建主义的桎梏，走向科学、民主的道路，而且在今后的祖国建设中也将成为一如既往的领军者。

盛大庆典

全国高校学习江泽民讲话

5月4日，江泽民在庆祝北京大学建校100周年大会上发表的重要讲话在全国各地大学师生中引起了强烈反响。

广大师生纷纷表示，江泽民的讲话讲出了广大大学生和青年的心愿，很有号召力；一定要牢牢记住江泽民提出的4点希望，胸怀祖国，服务人民，从自己做起，从现在做起，刻苦学习，认真钻研，为实现现代化的光辉目标，为中华民族的伟大复兴而努力。

5月4日上午，北大校内设立了分会场，电教室、食堂、会议室等有电视机的地方，都围满了驻足观听的师生和校友，群情振奋。

法律系97级学生曾丽萍说：

> 江总书记在讲话中提到了青年人要树立为理想而奋斗的精神，北大100年的历史就熔铸着这种精神。如今我们庆祝百年校庆，就要发扬这种精神。

国政系95级学生简易参加了在人民大会堂举行的盛会。他说：

江总书记在讲话中谈到当代青年要把个人价值的实现同祖国的命运紧密结合，我认为这对我们大学生的成长有很大的指导意义。大学生面对日益激烈的社会竞争，就业压力加大，只有把个人志愿同祖国的需要相结合，才能实现个人价值，为祖国和人民作出更大的贡献。

5月4日晚上，天津大学数千名学生收看了电视新闻联播节目。

化工学院95级学生赵鸣和同学们围坐在宿舍的电视机前，认真聆听了江泽民的讲话。他说：

　　江总书记给青年提出的4点希望，我们一定要牢牢记住。要从自己做起，从现在做起，从上好每一节课、学好每一门课做起。

南开大学党委组织部分学生收看了新闻联播后，召开了由学生代表参加的座谈会。

政治系96级研究生南敬伟说：

　　听了江总书记的讲话，我感到很振奋。要想成为跨世纪人才，光有专业知识不够，还必须自觉地投身到社会实践中去，加强政治修养，提高政治理论素质。

电子系 95 级学生王振国说：

> 继承五四传统，对我们大学生来说，当前就是要刻苦学习，增长才干，准备将来建设祖国。

会后，同学们以"不忘总书记嘱托，胸怀祖国，服务人民"为题，向全校同学发出了倡议：将报国之志化作刻苦学习的实际行动，学好本领，准备将来担负起振兴中华的历史使命。

山东省三好学生、山东师范大学外国语学院英语系 94 级学生耿志慧说：

> 江总书记对当代青年提出的 4 点希望，明确回答了我们成长道路上的关键问题。我们要学习北京大学的优良校风和学风，牢记江总书记的谆谆教导，努力做到江总书记提出的 4 个统一，努力做跨世纪的优秀人才。

山东工业大学的广大老师和学生在收看了北大校庆活动和江泽民讲话后，纷纷表示要以江泽民的讲话为动力，努力学习、奋发向上，把学校的各项事业做好。

土木系水利工程建筑专业 98 届应届毕业生宋时波说：

> 江总书记的讲话为我们提出了更高的要求，催我们奋进，为我们指明了前进方向。我一定要按照江总书记的讲话精神，努力提高自己在各方面的修养，在建设祖国、服务人民的伟大实践中实现自己的人生价值。

复旦大学、上海交通大学、华东师范大学、同济大学等高校的师生连夜组织收看了江泽民在北大百年校庆讲话的电视新闻。

许多师生聆听江泽民的讲话后精神振奋，思想上产生强烈的共鸣，认为江泽民提出的 4 点希望，给当代青年选择正确的发展道路指明了方向。上海交通大学发动机专业三年级学生高磊说，新时期的大学生不仅要有报效祖国的能力，更要有爱国主义的思想，这"两条腿"健全，才能迈出矫健的步伐。

机械学院机电一体化专业同学陈峥表示，要将个人学习同社会发展、国家经济发展相结合，力争自己的个人价值在社会中得到体现，成为国家的栋梁之材。

复旦大学的学生谈道，江泽民的讲话激情洋溢，语重心长，充满了党和人民对青年一代的关怀和希望。他们认为：

江泽民的讲话是对我们青年学生发出的向新世纪迈进的动员令。

我们要继承北大传统，弘扬五四精神，用邓小平理论武装头脑，掌握先进的科学技术，为国家的繁荣贡献力量。

作为跨世纪的青年，应该具有历史责任感，要面向现代化、面向世界、面向未来，把自己培养成为思想政治素质和科学文化素质都过硬的人才。

同济大学、华东师范大学等高校的干部、教师表示，党和国家领导人出席北大校庆大会，是高度重视科技和教育的体现。这不仅是北大的光荣，也是全国高校教职员工的光荣。江泽民在讲话中充分肯定了高等教育在国民经济和社会发展中的重要地位，使他们十分激动。

他们还表示，要认真学习江泽民提出的"四个统一"，在科教兴国的征途上，充分发挥高等学校"科研基地""人才高地"的作用，为中华民族进一步繁荣昌盛作出贡献。目前，上海许多高校已将江泽民的讲话印发成册，发到各个基层党团组织。

南京大学的同学们利用课间休息时间，阅读学习江泽民在北京大学百年校庆大会上的讲话。

94 级新闻系学生成银生一边用手指着报纸，一边对记者说，江总书记对当代大学生和社会各界青年提出的4点希望，针对性很强，切中了我们这代大学生身上所存在的"浮、娇"二气，为我们这一代人的健康成长和立志成才指明了一个十分具体且又实际的发展方向。

南大商学院94级学生杨维新和吴继东表示，在他们毕业前夕，江总书记的讲话给他们上了一课。这一课的意义太重大了，让他们认识到自身的价值实现不是在个人，而是与祖国走向21世纪紧密地联系在一起。

四川联大历史系研究生惠朝旭同学说，江泽民总书记在讲话中号召要发扬爱国主义精神，对于当代大学生来讲，"爱国"就是要不断增强自己对社会、国家的责任感，胸怀祖国，刻苦学习，努力实践，不断提高自己的综合素质，为毕业后建设社会主义现代化国家奠定坚实的基础。

化学系95级学生黄向平说：

　　对于当代大学生来说，仅仅努力学习科学文化知识是不够的，要更好地实现自己的人生价值，还必须有正确的世界观、人生观、价值观，这就需要努力学习研究邓小平理论，不断提高自己的思想道德文化素质，最终做到实现自身价值与服务祖国人民相统一。对青年大学生来说，就是要服从祖国的需要，到祖国最需要的地方去建功立业，服务基层，服务人民。

黄向平表示，自己明年毕业时要申请到边疆地区去工作。

5月4日19时多，江泽民在庆祝北京大学建校100周年大会上的讲话响彻中国科技大学校园。全校师生在教室、宿舍、食堂等场所自发收看或收听中央电视台播放的北大百年校庆新闻，并深入学习了江泽民的讲话。

化学系94级学生陆军说，听了江总书记的讲话后，心潮澎湃，深受鼓舞，上了一节生动的爱国主义教育课。

商学院95级统计与金融专业的学生段家生说：

> 听了江总书记的讲话，我感到大学生的责任更加重大，感到自己肩负着光荣的使命。我在学习本专业的同时，还攻读了计算机，决心学好科学文化知识，在社会进步过程中，发挥作用。

校团委研究生会副主席李文忠认为，江泽民的讲话中突出了爱国主义精神、科学精神、民主精神和文化精神，这些都是当代大学生应当具备的。

5月4日，西南政法大学按照校党委的要求，组织学生学习了江泽民的讲话。

同学们说，北大百年的发展史是中华民族百年抗争的缩影和见证，也是一部动人心魄的爱国史。作为当代中国青年学生，"我们一定要响应江主席的号召，要继续继承和发扬五四运动的爱国主义光荣传统，努力担当起振兴中华的历史使命，创造出无愧于时代和人民的业绩。作为政法大学学生，我们即将要担负起国家法治建设的重任，只有切实提高自身的素质，完善知识结构，才能成为科教兴国的生力军"。

经济法系 96 级曾相江同学说，当代大学生不仅要有较高的专业知识，还要有较强的实践能力，并要努力提高自身素质，特别是在加强思想修养上一分一毫都不能放松，只有政治素质过硬、专业知识扎实的大学生才能成为一名优秀的大学生。

法律系 95 级张志钢同学说：

> 大学是个小社会，社会是个大学校。我们的知识不单来源于书本，还要从社会这个大课堂中汲取，只有做到理论与实践相结合，在实践中学习知识，把知识运用到实践中去，才真正是大学生成长成才的有效途径。

法律系 95 级侯柏舟同学说：

> 大学生实现自身价值应与为祖国和人民服务统一起来，作为即将毕业的大学生，实现自身价值首先体现在择业上。当前很多同学择业

观念不能适应社会的需要，以实现自我最大利益为原则，都想留在城市，不想深入基层，尽挑好地方和好单位，造成人才的大量积压和浪费。其实，自身价值的实现有多种途径和方式，大学生应以献身于祖国和人民为己任，到人才缺乏的边疆和贫困地区发挥自己的才干，也是自身价值充分实现的正确渠道。

江泽民这次热情洋溢的重要讲话，在全国学生中掀起了一个大学习、大思考的热潮，对学生的世界观、人生观、价值观的塑造产生了深远的影响。

二、 举行活动

● 随着四代北大人季羡林、王选、刘忠范、李岭共同敲响北大的世纪大钟，夜空升腾起"光荣百年北大，北大百年光荣"的欢呼声。晚会由此拉开序幕。

● 杨振宁的演讲旁征博引、举重若轻、幽默生动，把深奥的物理知识讲得津津有味，博得全场长时间的热烈掌声。

● 克林顿首次露出严肃的表情。他立即澄清："美国的政策不是要阻碍中国的统一。"

组织百年校庆文艺晚会

5 月 4 日，清风徐徐的初夏之夜，夜幕低垂，华灯齐放。北京大学静园草坪上，"光明行"文艺晚会为北大百年华诞喜庆的日子奏响了一曲绚丽的华章。

这是中央电视台为北大百年华诞举办的"光明行"电视直播文艺晚会。北大的 8 个文艺团体和 2 个仪仗队全部投入了这次演出，10 余位著名歌唱家专程赶来为北大献礼。

随着四代北大人季羡林、王选、刘忠范、李岭共同敲响北大的世纪大钟，夜空升腾起欢呼声：

光荣百年北大，北大百年光荣！

晚会由此拉开序幕。

骤然间，会场上空，一艘巨大的飞艇飞上了天空。在探照灯强烈光芒的照射下，飞艇上的标语格外引人注目：

北大百年校庆，欢迎八方来宾。

静园大院古色古香的建筑被彩色灯光勾勒得分外

喜庆。

八方校友欢聚静园，大家情不自禁地高歌《远方的客人请你留下来》。

伴着情绪激昂、催人向上的二胡协奏曲《光明行》的奏响，晚会推出了主题。

"光明行"这一主题取自北大教授、国学大师刘天华1930年前后创作的二胡曲，这首曲子表达了北大人从昨天走到今天，从今天将走向明天的光明历程。

著名演员关牧村、杨洪基、李维康、殷秀梅、阎维文、宋飞、那英、王菲等为晚会带来了一个个精彩的节目，博得一阵阵热烈的掌声。

北京大学的学生、教工、老教授、老校友、老干部五大合唱团联唱《我们从历史中走来》，表达了北大师生继往开来的心声。

北大学生还自编自演了歌舞《多彩的校园》，向各界人士展现了新一代北大学子的风采。

在晚会演出期间，多名博士生为德高望重的季羡林、张岱年、侯仁之等老教授敬献鲜花。

彭珮云、罗豪才等领导同志观看了演出。彭珮云还兴致勃勃地加入了合唱团的演唱。

100多位国内外著名大学的校长、国际著名企业家等各界人士也观看了演出。

中央电视台对这台节目进行了现场直播。

举办这次规模空前的晚会在北大还是第一次，中央电视台为一所大学投入巨大的人力、物力举办一台文艺晚会也是史无前例的。

据中央电视台"旋转舞台"节目组王宪生总导演介绍，这台晚会将在短短的两个小时里容纳北大百年的历史与辉煌，晚会以年代为顺序，典型的人物与事件贯穿于其中。

创作节目与有历史影响的节目相结合，师生情、校友情、同学情交织在一起，各类文艺表演形式，如京剧、杂技、相声、歌舞等同台演出，映射出独属北大的特色。

连续工作多日的王宪生虽然身体感到疲惫，但他的精神仍然很振奋。

他说：

> 百年北大，不仅是历史时间，而且是人类文化的延承，能在北大静园筹备这台晚会，很幸运。

1981 年曾作为歌剧演员来北大演出的王导对北大的演出环境并不陌生，与此相类似，许多演员也有这种感觉。

著名歌唱家杨洪基也常来北大，因此对北大的文化氛围感受较深。在演出前，提起他要演唱的《教我如何不想她》，杨洪基说：

这是一首怀念祖国和故乡的爱国歌曲，常
常激起海外游子对祖国、对北大的深深怀念，
纪念北大 100 年对使海内外学子的感情凝聚起
来，发挥了最大能量。

　　这次北大合唱团还将与杨洪基密切配合，其中老校
友合唱团由 60 位 70 多岁的老人组成，他们都毕业于 40
年代的西南联大、辅仁大学等院校。

　　从当年的沙滩合唱团到今天的静园舞台，几十年的
风雨沧桑浓缩在这一首《毕业歌》里。

　　演员们大多是从 3 月份开始准备排练节目的。

　　老干部、老教授合唱团近些天每天都提前来到排练
场，不管是雨淋还是日晒，都热情地投入排练。虽然他
们年事已高，但仍精神抖擞。

　　排练结束，白发苍苍的老干部、老教授互相搀扶着
走下舞台的那一幕情景，让人十分感动。

　　舞蹈团的演员们排练一天，晚上还要在宿舍里练习
基本功。

　　著名民族歌唱家曲比阿乌从日本演出归来，回来的
第二天就开始录音。

　　她带病坚持演出，还激动地告诉记者：

　　参加这次盛会我感到很荣幸，这不仅是北
大，也是全国人民的大事。我代表少数民族歌

手出演，与中外朋友欢聚，意义尤其重大。

著名歌唱家阎维文把这次晚会看得很重，他觉得这次晚会与企业节日晚会不同的是北大作为高校，始终肩负着科教兴国的重要任务。

刚从长安大剧院赶来的著名歌唱家殷秀梅女士，觉得作为演员，能参加北大的晚会很骄傲。她还很关心北大，希望同学们珍惜时间与机会，努力学习，为世界、为祖国留下更多的东西。

大山是晚会主持人之一，也是北大中文系校友。他上星期三还在加拿大，准备为母亲过 5 月 2 日的六十大寿，但接到闵维方副校长的电话邀请时，他毫不犹豫地就答应了下来。

他说：

学校的生日不能推迟，而母亲的生日可以推后，先给学校过生日，5 月 8 日我再飞回加拿大为母亲过生日。

大山对北大充满深情，他说：

我感谢北大，为我指出通过曲艺了解中国文化的道路，并鼓励我走出去。

当人们把欣赏的目光集中到舞台上时，来自中央电视台的众多优秀的电视工作者，正在默默地继续工作着。

半个多月以来，他们一直在静园草坪搭建舞台、布置会场，从一开始就唤起了人们对这台晚会的憧憬。等到 5 月初，一座俯视图为"北"字的舞台衬着第二体育馆的斗拱飞檐出现在人们的视线里时，一种洋溢着浓厚的校园气息的喜庆氛围已经营造出来了。

舞美刘军还没有来得及看到自己的得意之作被派上用场，就又匆匆赶到外地去筹备另一台晚会了。

灯光设计师孟杰留在静园不分上、下班时间地与天公抢时间工作，他对 5 月来的天气变化耿耿于怀。

他说：

> 这台晚会对灯光的要求很复杂，技术的难度相当高。5 月 2 日早晨的一场大风，把前一天调了一晚的灯光又弄乱了，这样在彩排之前又要重新调试。尽管如此，我还是感到了与北大合作的愉快。

看过演出排练的人都会注意到一个很有艺术家气质的年轻人，他负责指挥着各个舞蹈团体的进退。

他就是此台晚会的舞蹈总监丁伟，歌舞《远方的客人请你留下来》、歌唱表演《真心英雄》、舞蹈《今夜群星闪耀》都是由他编导的。

在静园这样一个特定的环境里，要表现出中国的大学校园特有的青春气息和时代风貌，必须突破以往的晚会形式，在舞蹈编排上很有学院的感觉，是这台晚会的一大特色。

北大从 4 月起筹备这台晚会，负责人终日奔波劳顿，安排各项事宜，此次晚会还招收了 600 名志愿者，负责场内秩序。

会场秩序方面的总负责人、学工部部长王登峰提出活动的总要求：高度重视，保证各项工作顺利、圆满。一句话：

只许成功，不许失败！

德高望重的季羡林老先生很高兴地对大家说：

人一生只能经历一次百年校庆，这是难得的好机会。希望在第二个百年时，北大的成就比第一个百年更辉煌。

数学系年逾八十的老教授程民德先生也难掩欣喜之情地说：

这次校庆热烈空前，北大从历史来看，培养了众多人才，百年树人啊！

在场师生的欢笑与舞台的热烈融为一体。

在一曲《百年红烛》的歌舞声中，人们依依不舍地离开了静园草坪。

这台晚会让人们共同回顾了北大百年奋进之路，也让北大人满怀信心地踏着坚实的脚步走向明天。

● 举行活动

举办各种学术研讨会议

为了迎接百年校庆，北京大学各院系纷纷举办各种高质量的学术会议。

5月2日至4日，由北京大学环境科学中心、北京大学中国持续发展研究中心和大气环境模拟国家重点实验室联合主办的"21世纪环境科学与可持续发展国际会议"在北大举行。

来自世界10多个国家、地区以及国内的近200名专家学者参加了会议。

国家环保总局局长解振华、北京大学副校长王义遒、国家科委社会发展科技司司长甘师俊、北京市环保局副局长赵永平以及环境科学界著名院士钱易、唐孝炎、刘鸿亮等到会祝贺并发言。

会议研讨的内容涉及大气环境、环境管理与可持续发展、水资源与水环境、生态学与生物多样性等方面的主题。瑞典皇家科学院院士首先作了题为《中国的可持续发展：一个实际应用框架》的报告，指出迈向21世纪的中国在环境问题中所面临的挑战与机遇。中国工程院院士钱易教授认为中国环保问题要在控制人口、节约资源、治理污染等方面下功夫。

全国人大环境与资源委员会主任曲格平参加了大会

闭幕式，并对北大百年校庆和此次国际学术研讨会圆满成功表示热烈的祝贺。

由北京大学数学科学学院和北京大学数学研究所为庆祝北京大学百年华诞而举办的"数学科学前沿展望讨论会"，于1998年5月3日至5日在北京大学举行。400多位中外数学家参加了会议。

回顾20世纪数学的巨大进步，展望新世纪数学发展和应用的广阔前景是这次讨论会的主题。许多世界一流的著名数学家出席这一盛会，并作了特邀报告，报告就数学的发展做总结展望，提出新问题。

他们包括：菲尔兹奖得主、美国哈佛大学教授丘成桐博士，菲尔兹奖得主、美国加州大学伯克利分校和香港城市大学教授斯梅尔博士，1998年世界数学家大会程序委员会主席、美国普林斯顿高等研究院院长格瑞菲斯教授，著名应用数学家、美国麻省理工学院教授林家翘博士，著名数学家吴文俊教授等10余名科学院院士以及国内外的多名取得突出成就的数学新秀。参加会议的还有美国某大学校长道格拉斯教授，加拿大太平洋数学研究所所长古苏博教授，香港城市大学理学院院长王世全教授等。

会议组织委员会主任由全国人大常委会副委员长丁石孙教授、北京大学数学研究所所长张恭庆教授和北京大学数学科学学院院长姜伯驹教授担任，程序委员会主任是北京大学数学研究所副所长张继平教授。

这次会议体现了北大数学科学学院近年在科学研究和人才培养方面取得的丰硕成果。会议一流的学术水平，空前的规模，在国内外产生强烈反响。国家基金委和北京大学校庆办为会议提供了资助。

5 月 3 日 8 时 30 分，"面向 21 世纪的化学"学术研讨会在化学楼大教室拉开序幕。此次研讨会有 30 多位国内外化学界的教授、学者进行学术报告。开幕式上北京大学化学学院教授、中科院院士徐光宪致开幕词。

加州理工大学教授、诺贝尔奖获得者鲁道夫·马库斯就化学、电子化学和生物学领域，电子转移现况的应用作了首席报告，这也是他 1992 年获诺贝尔奖时的研究课题。今年也是加州理工大学的百年，所以他参加北大百年校庆，与北大进行交流就更有意义。

李远哲是台湾中研院院长、北大化学院的名誉教授，他的到来受到了大会的热烈欢迎和公众媒体的普遍关注，陪同他来的还有他的好友，去年诺贝尔奖获得者朱棣文教授。

李教授也是因在分子反应动力学上的突破性研究获得了 1986 年的诺贝尔奖。他在报告中介绍了自己近期的科研成果，提出了一些新的观点和研究的方向，尤其是对物理化学的交叉边缘学科的新发展阐述了自己的见解。

徐光宪教授就 21 世纪稀土化学的发展做出了新的展望。虽已八十高龄，但徐老师坚持用英语完整介绍了报告的内容。他的思路清晰、敏捷、严谨，保持了他探索真理过程中的一贯风格。

唐有祺教授是化学家，也是中国科学院院士，他对今后化学的发展做了整体的展望。

加拿大麦吉尔大学教授陈德恒就有机化学的发展谈了自己的看法。陈教授被聘为北大名誉教授，多年来致力于与北大其他学院的技术合作。

此次学术交流涉及面广而深，这将有助于北京大学化学院更好地把握教学和科研的方向。

5 月 3 日 9 时，"计算机与微电子科学技术国际研讨会"在资源宾馆二楼会议厅召开。

计算机科学技术系主任杨芙清院士出席开幕式并致辞。各大学、科研单位的专家，计算机系的校友及在校师生百余人参加了这次会议。

今年是北京大学百年华诞，又恰逢计算机系成立 20 周年。计算机系以此为契机召开这次研讨会，旨在推动中国社会的信息化。杨芙清院士在发言中开宗明义阐明了这次研讨会的意义。

随后，来自美国加州大学伯克利分校、美国康奈尔大学、中国科学院、北京大学、台湾清华大学、清华大学、英特尔公司等大学及科研单位的 35 位专家分别在微电子技术、计算机软件技术、计算机系统及应用、计算机通信等方面作了前瞻性的报告。

在会议期间，计算机科学技术系还在 5 月 3 日下午举行了北京大学—ADI 公司联合实验室揭幕仪式。本次会议所报告的观点和成果将在中国走向信息化的道路中发挥积极的作用。

北京大学计算机科学技术系是国内较早从事计算机软硬件、半导体及大规模集成电路教学与科研的单位之一。

1974 年研制了具有自主版权的国内第一台百万次计算机 DJSll 和中型计算机 DJSl8。该系已逐步形成有自己特色的发展模式。

1998 年 5 月 5 日上午，北京大学遥感与地理信息系统研究所在北京大学遥感楼 407 会议室召开了"面向 21 世纪的遥感与地理信息科学研讨会"。

会议召开之前，武汉测绘科技大学校长李德仁院士宣读了武汉测绘科技大学给北大百年校庆的贺信并向北大赠送礼品。

这次会议由遥感所所长杨开忠教授主持，常务副校长迟惠生教授致开幕词，原北大副校长沈克琦教授、陈述彭院士、李博院士、李德仁院士等 50 多位校内外有关人员参加了研讨会。

中国科学院陈述彭院士作了题为《面向 21 世纪的遥感与地理信息系统技术》的报告，回顾了本世纪遥感与地理信息系统技术的发展，并指出 21 世纪遥感与地理信息系统的发展方向是数字地球、网络通信技术、Cyber 空间和智慧圈。

中国农业科学研究院李博院士从生态学的角度论述

了遥感与地理信息系统在生态学中的应用及其重要性，特别论述了遥感与地理信息在土地覆盖研究中的重要作用。

武汉测绘科技大学校长李德仁院士作了题为《遥感、地理信息系统和全球定位系统的发展》的报告。

国家遥感中心武国祥处长介绍了国外在遥感研究和应用领域的情况，指出目前遥感领域的两大发展趋势：遥感商业化和全球遥感数据的共享。

5月4日15时，由北京大学物理学系主办的现代物理学前沿问题国际研讨会，在电教报告厅隆重开幕，同时还举行了授予1997年诺贝尔物理学奖获得者朱棣文先生北京大学名誉教授仪式。

陈佳洱校长出席会议，并向朱棣文先生颁发了北京大学名誉教授证书。王义遒副校长、著名科学家杨振宁、朱光亚、于敏和在京有关的中科院院士40人及来自中科院物理所、化学所、理论所、高能所，清华大学，北京师范大学的有关人员、校友和在校师生500余人参加了仪式。

仪式之后，朱棣文先生作了特邀报告。

研讨会期间，雀部博之等5位国内外著名学者作了大会邀请报告。100篇精选的学术论文精要已结集付印，以纪念北大百年校庆。

5月5日8时30分，由北京大学生命科学院主办的"21世纪的生命科学"国际研讨会在电教报告厅隆重开幕。

本次研讨会是北大百年校庆活动之一，旨在扩大影响，促进交流，加强合作。

会议的主要内容是分子生物学及生物化学、细胞生物学及发育生物学、神经科学及生物医学以及环境生物学等。

共有 20 名国内外著名科学家参加了这次会议，他们中间有北京大学的名誉教授及客座教授，也有长期与北大合作的科学家，另外还有来自国内外的校友。会议代表利用两天的会议时间探讨 21 世纪生命科学的发展趋势和方向，交流各自的科研教学成果和经验。

这次大会将成为一个纽带，将世界各地的北大校友及关心北大的科学家更加紧密地联系起来，为将北大创办成世界一流大学打下了基础。

邀请著名科学家来校演讲

5月5日，杨振宁、李远哲、朱棣文、丘成桐4位著名科学家应邀来到北京大学，为近1000名师生作了3个多小时的精彩演讲。

9时，演讲正式开始。

第一位演讲人是朱棣文教授。朱棣文时年50岁，1997年获得诺贝尔物理学奖，当时为美国斯坦福大学教授。他是在美国出生长大的华人后裔，自称"汉语水平不高"，他的整个演讲用的都是英语。他的演讲主题是"生物分子物理学的前沿研究"，内容相当专业。

学生们觉得听起来相当吃力，但是他们都觉得能够聆听世界一流科学家阐述最前沿的学科研究，这样的机会毕竟难得！

当76岁的杨振宁教授神采奕奕地走上演讲台时，台下响起雷鸣般的掌声。他是安徽合肥人，却操着一口地道流利的普通话。

杨振宁说：

> 今天回到北大，感觉格外亲切。60多年前，我住在清华园里，冬天经常到当时的燕京大学、现在的北大校园的湖面上溜冰。

杨教授的开场白一下子拉近了与师生们的距离。

杨振宁的演讲以"对称与物理学"为主题，从对称的六瓣雪花讲到抽象的几何理论。杨振宁说：

> "对称"的理论原始社会就有了。人们从一些自然现象，如对称的六瓣雪花等逐渐形成了抽象化的对称观念，并用于艺术、建筑、文学等领域。

杨振宁通过放映中国商朝青铜器的幻灯片、朗诵宋朝诗人苏轼的回文诗，证明对称的应用，并盛赞中华民族祖先的勤劳和智慧。

据杨振宁考证，中国早在汉朝就有文献记载雪花为对称的六瓣形，这比西方要早 1000 多年。

接下来，杨振宁也谈到西方最早将对称引入科学的是希腊的数学家、哲学家。意大利著名天文学家开普勒也正是在对称理论的基础上发现行星运行的轨道是椭圆的。

20 世纪 50 年代，对称研究在物理学中有很大突破。杨振宁就是在 1957 年论述了对称在物理学中的应用。爱因斯坦晚年在回忆录中写道，他的狭义相对论曾受到对称观念的很大影响。

演讲的最后，杨振宁说：

尽管近20年来科学家对对称的发现和研究取得了一些新突破，但我们对对称的了解还很不够。对对称的发现和研究将决定今后物理学能否有新的突破。

　　他的演讲旁征博引、举重若轻、幽默生动，把深奥的物理知识讲得津津有味，博得全场长时间的热烈掌声。

　　诺贝尔化学奖获得者李远哲教授论述的是"面向21世纪的挑战"。李远哲将飞速发展的生物技术带来的变化称为"第三次产业革命"，认为它将会改变人类自身的基因和体质。

　　李远哲还认为，人类的未来将是政治、经济、文化一体化。在"地球村"里，各个国家乃至整个人类的命运将会紧紧连在一起，为了能使人类社会在21世纪持续发展，必须提高能源的使用效率，使用新能源，减少对矿产资源的依赖，减少对生态环境的破坏。

　　他强调说：

　　我们的地球是有限的，不可能无限制地承受人类社会的消耗。发展中国家应走一条可持续发展的道路，而不应盲目地走西方发达国家走过的为发展而破坏生态环境的老路。

最后，李远哲说：

> 我希望北大学生与世界人民共同奋斗，勇敢地接受 21 世纪的挑战！

哈佛大学数学系教授丘成桐时年 49 岁，是 4 位科学家中年龄最小的。丘成桐是世界数学最高奖即菲尔兹奖获得者。他这次来北大，还参加了由北大数学科学学院主办的"数学前沿学科研讨会"。演讲会上，他演讲的主题是"数学的内容、方法和意义"。

在整个演讲过程中，学子们踊跃提问。当有同学问到"华人获诺贝尔奖已屡见不鲜，为什么没有中国科学家获此殊荣"时，李远哲教授语重心长地告诉同学们，获不获诺贝尔奖并不重要，一个国家的科学构建是否良好，取决于是否有良好的适合科学家生长的土壤，因此对于中国来说，改善人才成长的环境才是最重要的。

整个演讲会直到 12 时才结束。意犹未尽的学子们纷纷围住科学家悉心讨教，久久不愿离去。

克林顿应邀到北大演讲

1998 年 6 月 29 日上午，美国总统克林顿来到仍旧沉浸在百年庆典氛围中的北京大学。克林顿在北大发表了热情洋溢的讲话。

克林顿在讲话之前，首先对北京大学建校 100 周年表示祝贺。

之后，克林顿谈了北京大学的巨大变化，他说：

今天和 79 年前的一个重要日子很不相同。1919 年 6 月，燕京大学第一任校长司徒雷登准备在此地发表第一次毕业典礼演说。在指定时刻，他出席了，但是却没有学生露面。为了振兴中国的政治与文化，学生全都上街领导五四运动去了。

我读到这段历史，祈望今天自己进入这座礼堂，要有人坐在这里才好。今天各位到座，使我感到非常感激。

100 年来，北大已茁壮成长为一个拥有两万多名学生的学府。贵校的毕业生遍布中国和世界各地。你们建造了亚洲最大的大学图书馆。去年贵校有 20% 的毕业生出国深造，其中一半是数理科系毕业生。今年是贵校建校 100 周年，在全中国、亚洲和其他地方，有 100 多万人上网访问你们的网址。

在新世纪即将来临之际，贵校正领导中国迈向未来。

接下来，克林顿讲了中国几年来的发展及发展过程中存在的一些问题。

克林顿还提出了当时国际社会存在的一些危机，他希望中国能和美国一道共同应对这些危机。

最后，克林顿对中国年轻一代提出了期望，并对中国的未来充满信心。

克林顿说：

中国年轻一代自由发展心灵，最大发挥自己心志的潜力，符合你们自己的利益，也符合全世界的利益。这是我们时代的讯息，也是未来新世纪和新的千禧年赋予我们的使命。

我希望贵国能够全心全意接受这一使命。中国有辉煌的历史，但是我相信中国的未来将更加灿烂。面临 20 世纪的诸多困厄，中国不仅屹立不倒，而且还在阔步前进。其他的古文明沦落了，因为它们没有变革。中国则不断证明自己有能力改变，有能力成长。现在，你们必须为未来的新世纪重新勾画中国的蓝图，你们年轻一代必须成为中国振兴的灵魂。

新世纪已经来到。我们所有的眼光都注视着未来。中国有几千年的历史，而美国只有几百年。但是，在今天，中国可以和地球上任何年轻国家媲美。这个新世纪可能就是新中国的黎明，这个新中国为古代的伟大成就自豪、为自己今天从事的事业自豪，也为即将到来的许多明天自豪。

在这个新世纪，全世界将再度向中国学习其生机勃勃的文化，敏锐清新的思想，以及其各项创造中所体现的人类尊严。

在这个新时代，可能由一个最古老的国家来推动创建新世界。

在演讲结束后，克林顿还和北大的学生进行了简短的沟通交流。他当场挑选了7名学生向他提问。

但是，北大学生所提的问题却让他深深体会到：中国的年轻人，并不必然对美国的宣传攻势照单全收，北大的学生是有着鲜明的个性的。

第一个提问的学生就一针见血指出，中国人民自改革开放以来，对美国的文化、历史、文学有了更好的了解，甚至欣赏美国的著名电影，但美国人民对中国的认识却少得可怜。

他问克林顿："总统阁下准备打算怎样加强两国人民真正的了解与相互的尊重呢？"

克林顿不得不说"你提出了一个好观点"，但是他也不得不坦白地承认"你的问题没有轻松的答案"。

克林顿说，他这次来带了一大群媒体记者访华，就是希望此行能够向美国国内完整与平衡地反映新中国的景象。

克林顿也欣慰于有美国学生在北大念法律，并希望中美两国人民多多交往。

但另一个尖锐问题马上又被提出来了。

第二位学生指责美国一直在对台湾出售先进武器，又与日本修订美日防卫条约，把"中国的台湾"也包含在军事行动范围内。

"如果中国也把导弹指向夏威夷，以及与其他国家签订安全条约，针对着美国的部分领土，美国政府和美国人民会同意吗？"

这时，在北大师生中响起了热烈的掌声。

克林顿首次露出严肃的表情。他立即澄清："美国的政策不是要阻碍中国的统一。"

接下来他费了很大一番唇舌，解释了美国的对华政策是包含在中美三个联合公报和《与台湾关系法》里的，以及美国 20 年来一直奉行"一个中国"政策，要求两岸和平解决问题。他还呼吁，绝对不要认为美国是在破坏自己的中国政策。

克林顿告诉在座的北大师生，他们将会看到两国在区域安全问题方面有更多的合作。

"我们不可以用过去的冲突做镜子看今天的协议。"克林顿说。

或许他以为自己已经展现了诚意和友善，但紧接的一个问题却更使他感到尴尬。

这时第三个学生说，中国人民期望的是两国在平等的基础上建立友谊。他问克林顿：你带着微笑来到中国，说要"交往"，但你的微笑后面是否另有所图呢？

听众当场笑了，还报以热烈掌声。

对这样"直率"的问题，克林顿脸上闪过一丝惊讶。

为了强调美国人民对中国人民有感情，克林顿提到历史上美国人民经常认为应该与中国人民亲近。

而且他重申，在 21 世纪，美国与中国建立平等、互相尊敬的伙伴关系远比花大把时间和金钱来试图围堵中国要好。

"你问我是不是其实想要围堵中国，答案是否定的。"克林顿郑重声明，"对美国人民有利的是：与你们建立良好关系。"

在接连遭到 3 个尖锐问题猛攻之后，克林顿这时才稍微有机会喘口气答复一个温和的提问，谈谈他对两国年轻人的期望。

但是第五位学生马上又开始挑战克林顿。

她问："你认为美国就没有民主、自由、人权的问题吗?"掌声再次响起。

克林顿承认,美国曾长期存在奴隶制度。他也承认美国在住房、就业等领域仍有种族歧视的问题。

"我们仍不完美。"

克林顿还谦虚地提到他1992年竞选总统时在纽约遇到希腊移民向他投诉社区里枪械、歹徒泛滥,儿童没有安全步行上学的"自由"。

不过,北大学生对他的挑战并没放缓。

一名秀丽女生站起来告诉克林顿,真正的自由,是人民自由地选择自己喜欢的生活方式和发展道路,"只有那些真正尊重别人的自由权的人可以自称了解自由的意义"。

克林顿怎么说呢?他不得不对该女生的说法表示赞同,还不失幽默地举了"自由止于别人鼻尖"的美国名言说明自由的限制。

"人们有选择的自由,你必须尊重别人的自由,他们有权作出与你不一样的决定。"

他显然后撤一步:"我们两国绝对不会在制度、文化选择出现完全一致的时候,但这正是人生有趣的一点。"

可第七名学生仍不放松。

他问克林顿:"如果现在北京大学也有一群学生向你示威抗议,你会有什么感受?"

学生显然在指1997年江泽民访美时遇到示威的事。

尽管克林顿很幽默地说,"我当时告诉江主席我不孤单了"，不过，他或许已体会到，宣扬美国价值观时，其实需要不时停下来将心比心。

"你们的问题对我帮助很大。"克林顿说，"它们帮助我了解别人，不仅是在中国，而且是在全世界，怎么看待我说的话。"

百年纪念邮票与藏书票发行

5月4日上午，国家邮政局和北京大学在人民大会堂联合举行《北京大学建校一百年》纪念邮票首发式。

全国人大常委会副委员长丁石孙、全国政协副主席罗豪才以及有关方面负责同志吴基传、刘立清、吕福源、林文漪、任彦申等出席了首发式，还有北京大学师生代表200多人参加了仪式。

北京大学的百年校庆成为1998年社会关注的焦点，对于这件中国教育界、学术界的盛事，党和国家给予了高度的重视，提高到了国家发展与科教兴国战略的议程中来。

经信息产业部批准，国家邮政局发行的《北京大学建校一百年》纪念邮票，是中国邮政史上第一次由国家为一所大学专门发行的纪念邮票。这是科教兴国战略下中国教育史上的一件盛事，意义深远。

由北京大学艺术学系教师余璐设计的这枚纪念邮票，以北大百年历程中3组具有历史意义的画面为主题：

京师大学堂章程、沙滩红楼、燕园西校门为图案，生动体现了北京大学的光荣传统，展示了北京大学向世界一流大学迈进的崭新风貌。

此外，作为百年校庆纪念邮票发行的配套活动，与纪念邮票相关的邮品，如首日封、纪念封、极限明信片等也相继推出。

这枚邮票的发行得到了北京大学师生员工和海内外校友，以及广大集邮爱好者的热切关注，被视之为极具价值的珍贵纪念品予以收藏。

另外，北京大学还推出了《纪念北京大学建校100周年藏书票》。

在中国，藏书票一直都只是文化人自娱之物，较少流传。直到20世纪初叶，才陆续有一些报刊零星介绍过藏书票知识，并出版过几种有关藏书票的集子。《读书》杂志曾用外国的藏书票做封面，虽很别致，却并未引起更多关注。

由北京大学推出的藏书票共3套300枚，第一套100张，以"与祖国同行"为主题；第二套99张，以"难忘岁月"为主题。

7月初出版了第三套，共101张，以"百年庆典"为主题。

5月4日北大校庆之际，在北大图书馆新馆落成典礼上首发，并当众毁版，在校内和校南门外向社会公开发行，第一套限售1000套。

这套藏书票面幅54毫米×90毫米，由北京大学图书馆和中国版协书籍装帧艺术委员会筹划，资深编审江溶等主编，全国高等院校书籍装帧艺术委员会主任林胜利主设计，在校庆前一周多的时间内完成，使人十分惊诧。

藏书票由北大出版社出版，该社社长彭松建、总编温儒敏为出版人。

北大版藏书票具有藏书票通常的制作格式，又具自身的特点，并未标明所属收藏者，因其都是公开限量发行，而不是为某个人特制的。由于是专为百年校庆所制，故标有"北京大学建校 100 周年纪念"等字样，强化了纪念意义，有点类似于纪念邮票。最具创意者是经典画面与点睛之文字交相辉映，主题突出，给藏书票编序号的做法增加了收藏的趣味。

这套藏书票记录了北京大学与祖国同行的百年历史，一幅幅珍贵的历史图片，都被浓缩在百幅藏书票中，方寸之间风云舒卷，光荣征程历历在目。

为了使藏书票更富内涵，使"爱国、进步、民主、科学"的北大传统和北大精神体现得更为强烈，同时更具有藏书票的特色，设计者在不少画面上独具匠心地配置了隽语、格言。如：

在大学堂讲义图片上题"文章千古事"；在中国首家翻译西方著述、后来并入京师大学堂的同文馆图片上题"睁眼看世界"；在五四游行图片上题"国家兴亡，匹夫有责"；在北大学生会第一任负责人照片上题"于无声处听惊雷"；在北大首次招收的女学生照片上题"敢为天下先"；在陈独秀狱中留影上题"忧道不忧贫"；

在粉碎"四人帮"恢复高考第一批入学学生的照片上题"精神的魅力";在未名湖秋色的照片上题"荣辱不惊任庭前花开花落,沉浮无意凭湖间云卷云舒";在北大学生登上摩天高峰的照片上题"一览众山小"……

这些题词,恰如画龙点睛,让人每每眼前一亮、会心地一笑之后又不禁掩卷沉思,浮想联翩。

藏书票由从事书籍装帧多年的林胜利主创,他深感中国没有一位装帧艺术家做成规模藏书票,与书籍大国的地位不符,多年来一直想搞一套别出心裁的藏书票。

此时恰逢北大百年校庆,林胜利在设计校庆画册的过程中,搜集了上万张图片,与中国近代史和现代史紧密联系、息息相关的北大历史形象地展现在他面前,他多年夙愿一触即发:以百幅历史画面构成一套藏书票的内容是再有分量不过的事了!几位主创人员一商量,选题就这样定了下来。

林胜利这位学界出版社的书装艺术带头人一头扎进北大图书馆,把有关北大的档案看了个遍,多年的积累与专门研究为其浓缩北大精神、北大历史提供了坚实的基础,使藏书票这一手工操作的私人艺术藏品,借助文明生产的高科技方式,推向了社会,推向了大众。

藏书票的建构标准历来是以个人的艺术偏好而定,但这一套全新形式的票则全然与众不同,主创人员所定的选择画面的标准：一是史料价值，应最能代表北大历史中典型时期的珍贵图片；二是能代表北大人文精神，或是其重要侧面的反映；三是确能代表北大最精彩的学术水平，公之于世能使人认可。

北大出版社社长彭松建对此支持有加，希望这套藏书票能做成中国最美的藏书票。出版社总编、北大中文系教授温儒敏对藏书票深有研究，听了林胜利与江溶等人的想法后便积极参与了策划与审定。

在征求意见的过程中，作者们得到了多方面的支持，譬如中国出版工作者协会的装帧界前辈张守义、卫水山等专家大为赞赏，称这是为中国书帧添光添彩之举，将使中国书装与世界接轨。版协领导张振启连夜打电话联系纸张，以保证作品的质量水平，同时争取赞助，解决了出版的经费问题。

藏书票设计所遵循的技术原则是吸收古典藏书票的手法，吸收邮票设计的特点，比如传统票面的构成成分以及邮票外形的齿孔效果等。在一稿完成后，创作者们感到太囿于传统而使人感觉有所欠缺，其后又二易其稿，主要是由江溶先生执笔撰文，把诸如北大格言式的点睛式文字融入画面，注入了使之活起来的灵魂。

在突击设计与赶制中，作者们干了七天七夜。林胜利曾连续胃疼，最后一夜竟吃了12片颠茄；江溶患冠心病，正在治疗中，也靠药顶着一通宵一通宵地不休息，颇有舍生取义之气概。北京金轮电脑公司歇人不歇马，人倒班但电脑不停。在北京新华印刷厂，中国印刷公司副总经理江南与厂领导郭玉京亲自盯在机器旁，员工们下机了便组织厂部干部加班突击，4 月 30 日晚打出样张。

5 月 3 日，第一套藏书票印刷、裁切、分装完毕，使之能在"五四"正式面世。

5 月 4 日，是北大百年华诞之日，也是北大图书馆新馆落成之时。新馆与老馆相加总面积超过 5 万平方米，阅览座位达 4500 个，总藏书容量成为亚洲高校第一。

将这套藏书票作为新馆落成典礼的主要纪念品之一，是北大图书馆的得意之笔。图书馆出面制作系列藏书票，这在我国还是第一次。

适逢北大百年校庆、新馆落成，而又以北大百年历史为表现内容，这就使其意义更非寻常。

北大图书馆在北大历史乃至整个中国历史上都有着特殊的地位。当年任北大图书馆馆长的中国早期杰出的马克思主义者、中国共产党的缔造者之一李大钊传播马克思主义的活动，主要就是在北大图书馆里进行的。

北大图书馆藏书量之大，拥有善本、珍本、孤本之多，为教育、学术事业所作贡献之巨，在全国也是名列前茅。

当时，北大图书馆用这套藏书票作为新馆落成的纪念，无疑在注重文化品格的同时，塑造了新的自我，同时又因其地位的特殊，而对全国的图书馆事业及整个读书界产生了积极的影响。

正是从这个意义上，或许可以说：这套藏书票是对北大百年校庆、对北大图书馆新馆落成的一份非常有意义的纪念。

北大版藏书票运用电脑设计，综合了多种艺术形式和构成语言，与传统的版画藏书票的手工制作各有千秋，而且作为一种公开发行的出版物，其类似美术印刷品的"公共鉴赏"，价值显然大为增加。

"五四"校庆日上，第一套藏书票一露面即被有眼光者抢购一空，海淀图书城一带书店常被问出版社有无藏书票出售。

5月26日，第二套藏书票发售当天，2时就有人开始在书店前排队，9时开始后的一个小时内就出售完毕了。

此后出版社不断接到电话，全是各地及海外的校友以及收藏者打探消息，要求预订第三套的。

深圳大学党委书记江忠在校庆日没有买到第一套，叮嘱北京的朋友一定不能落下第二套、第三套；浙江嘉兴的藏书票收藏家平幼泉专程赴京来北大书店购藏书票，并在其所编专供艺术家与收藏者交流信息的藏书票业内资料《梧桐阁》上记述第一套藏书票"现在市场上已被炒至3000元"。

为纪念北大百年华诞和新图书馆大楼落成，北大出版社与图书馆签约，除永久珍藏品外，将在北大建校150周年和200周年时，拍卖50套和100套藏书票，使这一活动在百年之后画上句号。

在第三套藏书票的编辑过程中，北大的感召力随处可见。从在《光明日报》刊登消息到校内征稿始，近万幅照片寄送到了出版社。所有图片提供者都是成片与底片让编辑者随便翻。

新华社、人民日报社、光明日报社、中国图片社、北大青年摄影学会等单位的专业人士与众多校友都为此提供了极大帮助。

藏书票主创人员、资深编辑江溶与书籍形象设计师林胜利先生在身体状况不好的情况下，把对民族的热爱、对北大的感情融入此次创作设计中，整体框架数易其稿，情状感人。第三套中加入三套全部票目以备索引，这标志着这一系列的结束。

为保证藏书票设计者、出版者、收藏者的权益不受侵犯，出版社特聘北大百年校庆法律顾问、司法部部级文明律师事务所北京市天元律师事务所主任王立华律师为法律顾问，并声明："该纪念藏书票是由北京大学出版社资深编审与著名装帧设计专家编辑设计完成的作品，北京大学出版社对该三套藏书票享有著作权和独家出版发行权。"

其中：第一套仅公开销售 1000 套，已于发行日当众毁版；第二套公开销售 2000 套，也已于发行日当众毁版；第三套公开销售 3000 套，并于发行日当众毁版。

北京大学出版社承诺：

对前述三套纪念藏书票以当众毁版方式，不再行使出版发行权。发行、复制、改编、编辑前述三套纪念藏书票均构成对北京大学出版社相关著作权的侵犯，北京大学出版社授权王立华律师依法追究侵权者的法律责任。

多种校庆图书出版发行

100 年来丰富的学术建树，或可说是对北京大学百年寿辰的最好贺礼。作为中国第一所具有现代性质的国立综合大学，北大的百年校庆无疑将引起海内外的广泛关注。

北大不平凡的世纪之旅，深刻地影响了中国的现代化历史进程。在相当程度上，北大已成为一种文化进步的象征。所以北大校庆的序幕尚未完全拉开，众多出版社就已经"盯"住有关北大的选题。

那些年以北大为主题的图书风行一时。沸沸扬扬的书潮中，沉心静气的北大出版社不慌不忙推出的一批图书无论从创意或质量上均臻上乘。

正如出版社副总编张文定所言，他们是"用一种做学问的态度彰扬北大的学术传统，呈现北大的百年辉煌"。

北大出版社精心策划推出 30 余种校庆图书，展现了该校广博深厚的文化积淀、科学严谨的学术传统，这些与此前各种有关北大的书籍相加已经超过百种。

北大出版社把得天独厚的出版资源化作一本本精心之作。他们推出的关于校庆的图书大体可分为两类，一是直接展示北大百年辉煌路程的各类图书。

如斥资 90 万元的大型精美画册《北京大学》，以 400 余幅珍贵的历史照片展示了百年学府日新月异的历程。本书为 16 开本，盒装，中英文对照解说，展现了百年学府的辉煌旅程。

北大建校 90 周年时出版的《精神的魅力》，受到许多校友的喜爱。为纪念百年校庆，这次修订出版《精神的魅力》，并出版了新编的《青春的北大》。

老中青校友在书中倾诉着自己对母校的深沉情感，让读者感受到北大精神的永恒魅力。

《巍巍上庠，百年星辰：名人与北大》讲述了 68 位曾在北大工作过或与北大有过特殊关系的著名人物，如毛泽东、周恩来、邓小平等政治家，文化学术名人与北大之间的双映生辉，披露了不少鲜为人知的北大传奇、名人掌故，让人重温照亮北大百年漫长道路的星光。

《北大风·北大学生刊物百年作品选》从北大建校以来学生刊物中选出 110 余篇诗、文，反映了不同时代北大人的思想品貌，体现了不同时代的校园文化心态。

纪念光盘《学府沧桑，百年辉煌》第一次用多媒体形式浓缩了北大 100 年的历史，收录了大量珍贵的历史资料。

《在巨人和圣地之间：毛泽东与北京大学》一书，比较全面地回顾了毛泽东与北大之间绵延几十载的动人故事。

《我与北大》汇集了在北大工作或学习过的 60 多位

中国现代著名人物回忆北大的文章，他们中有梁启超、蔡元培、陈独秀、胡适、李大钊、鲁迅、毛泽东、冯友兰等，文章涉及中国教育史、文化史、马克思主义在中国传播史及其他中国现代史上的重大历史事件，具有较高的史料价值。

《如歌岁月——燕园学子访谈录之一》，介绍了71位燕园优秀学子的学术和人生经历及其对北大切身而独特的感受。

《北京大学创办史实考源》一书，考察了北京大学创办过程中的一些重要史实。

《百年文存——北大中文系百年学术文存》，汇集了北大中文系近百年来的众多学者中40余位已故学者的代表性论文。

《今日北大》（1993—1997年卷），全面介绍了北大五年教学、科研、校园建设等和其他方面事业的改革和发展情况。

《北京大学与中国政治文化》（1898—1920）是一部由美国学者撰写的博士论文。这本书从政治文化的角度审视了北大早期的历史，将北大的建立和发展放在中国政治文化，尤其是20世纪初期北京政治文化的背景中进行研究，论述了北大何以成为中国最高学府，并超越教育而在中国具有了一种象征意义，是一部很有特色的历史、政治科学论著。

所有这些或是几被尘封的叙述和议论，或是宛在眼

举行活动

前的追忆和回味，汇成了百年北大风雨沧桑的辉煌旅程。

> 只有学术上的发展，值得作大学的纪念；
> 只有学术上的建树，值得"北京大学万万岁"
> 的欢呼。

半个多世纪前，李大钊的这句话可以说是北大百年间不断向上的注脚，也是北大出版社紧锣密鼓地策划出版迎校庆学术著作系列的初衷。

经过认真的梳理挑选，北大出版社将一批足以展示北大百年辉煌的学术精品呈现于世。

由北大中国传统文化研究中心编的洋洋 500 万言的《北京大学百年国学文粹》，是北大中国传统文化研究中心为纪念校庆而编辑的大型文集，从文学、历史、哲学、语言文献、考古诸方面汇集一个世纪以来有代表性的学术成果。

反映社会科学成果的《北大名家名著文丛》选印了北大著名学者如冯友兰、陈岱孙、杨周翰等在各自领域的奠基之作，这些著作在中国学术史上产生了深远影响。

反映自然科学成就的《北大院士文库》包括《王选文集》《杨芙清文集》《侯仁之文集》等，显示了北大的科学成就。

《北大学术讲演丛书》将在北大设坛讲学的世界级文化名人的演讲内容呈现给读者，使人如同亲聆大师的声音。

《未名文丛》是几代著名北大学者的学术散文随笔，这其中有季羡林的《怀旧集》、金克木的《百年投影》、谢冕的《永远的校园》，他们那蕴藏着丰厚学识、深邃思想的性灵文字是北大精神魅力的写照。

北大的历史与许多著名人物紧密相连，他们是照亮北大百年漫长道路的星光。

校庆前夕出版的反映北大历史与现实的书还有《蔡元培先生年谱》《蔡元培与北京大学》《翦伯赞传》《百年百联》《北京大学》等。

为庆祝北京大学诞生100周年，北京大学出版社还与香港天地图书公司联合在香港主办北大出版物展销会。这次展销会共陈列近1500种北大出版物，包括图书、音像产品及电脑光碟，另有30多种书籍是为纪念百年校庆而出版的。

5月22日，北大出版物展销开幕仪式在天地图书公司门市一楼举行。

著名学者饶宗颐、北大副校长迟惠生、香港出版总会会长李祖泽、北大香港校友会会长田小琳、北大出版社社长彭松建、天地图书公司董事长陈松龄担任仪式主礼嘉宾，并主持了剪彩仪式。

北大副校长迟惠生表示，这次在香港举行的展销会，是北大庆祝100周年的其中一项活动，展销的目的是为了向香港人士展示北大的教学科研成果及希望香港文化教育界能对这些出版物品提出意见。另外，他希望透过展销会，可以加强两地的合作。

天地图书公司董事长陈松龄表示，这次展出的北大出版物，反映了北大百年沧桑的文化，也展示了中国现代化发展的进程。

他指出，这次展销会在香港举行，有其特别意义，因为北大专家在对"一国两制"以及基本法的产生上都作出了不懈的努力。

三、 百年辉煌

● 毛泽东接见北大学生代表，倾听他们的呼声和意见。甚至连学生国庆游行淋了雨，他都惦记着，亲自指示提前烧好姜糖水。

● 周恩来刚刚开了一夜会，还没来得及闭闭眼，就驱车赶到北大西门办公楼西边的草坪，为北大和北京市即将奔赴钢铁战线的5000名师生送行。

● 他跑出教室一看，有队伍游行，同学们举着火把，高喊"团结起来，振兴中华"冲出了校园。

中央第一代领导关心北大

1949 年初，北平和平解放，北京大学获得了新生。中华人民共和国成立后，北京大学逐步发展成为一所新型的社会主义大学。

为了继承和发扬"五四"光荣传统，北大将校庆日由过去的每年 12 月 17 日改为每年的 5 月 4 日。

毛泽东在新中国成立后，再次来到阔别 30 年的古都，他用饱蘸深情的笔，给北大学生会、校纪念"五四"筹委会复信，给北京大学题写校名，为学校"五四"活动题词。

毛泽东悉心关注着解放后北大的建设与发展，关怀着昔日的师友和新一代学子。

他给北大的工作以特别的关照，他诚挚地与著名学者马寅初、冯友兰、周培源等交流思想，探讨学术，共商国是。

毛泽东接见北大学生代表，倾听他们的呼声和意见。甚至连学生国庆游行淋了雨，他都惦记着，亲自指示提前烧好姜糖水。

毛泽东的名字永远与北京大学的过去、现在和未来紧紧地连在一起。

新中国诞生后，共和国的领袖中，在北大留下足迹最多的是周恩来。他朴实勤奋的身影，亲切谦逊的话语，对北大师生的信任鼓励，对北大工作的关心和支持，铭刻在几代北大人心中。

周恩来曾先后6次亲临北大视察或作报告。

周恩来第一次走进北大是在1949年5月9日。此时，北平刚刚和平解放，国民党特务还在不断地制造事端，可周恩来一不带警卫，二不让公安局派人，只带了两名工作人员来到北大与129位教授、副教授座谈。他的关于新民主主义的教育和如何搞好教育工作的讲话，深深地表达出他对知识分子的信任和嘱托。

1951年9月29日，周恩来把500名北大师生和京津20所高校及中科院代表250人一起请到了中南海怀仁堂。

周恩来说："讲学习的目的是为了改造自己。讲到改造问题，我想还是先从自己讲起，联系自己来谈这个问题。拿我个人来说，参加五四运动以来，已经30多年了，也是不断地改造。我尽管做了一些负责的工作，但也犯过错误，栽过跟头，碰过钉子。可是，我从不灰心，还要把错误公之于众，作自我批评……"

5个小时，周恩来讲得动情动理，师生们听得入脑入心。这是语言的交流，更是思想的沟通。后来一些教师入党时，还常常谈到周恩来这次报告的启迪。

1957年11月6日，苏联十月革命40周年纪念日的前夕，周恩来来到北大新校址，即西郊燕园，在大饭厅给北大、清华和中科院的代表们作"纪念十月革命40周年”的报告。

1958年9月20日清晨，周恩来刚刚开了一夜会，还没来得及闭闭眼，就驱车赶到北大西门办公楼西边的草坪，为北大和北京市即将奔赴钢铁战线的5000名师生送行。

1973年10月19日，身患绝症的周恩来最后一次来到北大，抱病出席"中国人民的美国朋友"斯诺先生的骨灰安葬仪式，并来到未名湖畔的斯诺墓前默哀。

周恩来对北大投入了不同寻常的关注：北大原子能系的建立，昌平分校的建设，解放初校委会主任和校长的人选，他都一一过问。

周恩来亲自给当时学校负责人周培源布置任务："把北大理科办好"，还3次对北大加强基础理论研究作指示。周恩来对北大寄托着特别的期望：

把北大办好，把高校办好，把中国的教育事业办好。

北大对新中国建设的贡献

1951 年 6 月，国务院任命著名经济学家、教育家马寅初为解放后北京大学第一任校长。

1952 年，全国高等院校进行院系调整，北京大学的医、工、农学院以及其他部分学科或分出去单独成立高等学校，或并入了其他大学。

清华大学、燕京大学的文、理、法各院系以及其他一些大学的有关系科并入了北京大学。北大的校址也从北京市内的沙滩等地迁移到了位于北京西北郊著名园林风景区的原燕京大学校址，即"燕园"。

院系调整后，北京大学成为一所侧重于文理基础学科的教学和科学研究的综合大学，当时全校共有 12 个系、33 个专业，到 1965 年发展到 18 个系、53 个专业。学校规模也不断扩大，1962 年在校本科生曾达到 1.1 万人，研究生为 280 人。

自 1949 年到 1965 年的 16 年间，北京大学共为国家培养了 3 万多名本科毕业生和 2000 多名研究生，他们大部分成为我国各个领域的骨干。

中国现代高等教育的众多学科，包括新中国成立后的原子能、半导体等前沿学科都是在北大率先设立的。

创建于 1955 年 7 月的北大物理研究室，是我国第一个培养原子能科学人才的机构。

研制"两弹"的主要科技人员彭桓武、郭永怀、邓稼先、朱光亚、于敏、周光召等均为北大教授或毕业生。

这些人不仅在科学研究方面颇有建树，同时还有着炽热的爱国心。

1950 年 8 月，邓稼先在美国获得博士学位 9 天后，便谢绝了恩师和同校好友的挽留，毅然决定回国。同年 10 月，邓稼先来到中国科学院近代物理研究所任研究员。在北京外事部门的招待会上，有人问他带了什么回来。

他说："带了几双眼下中国还不能生产的尼龙袜子送给父亲，还带了一脑袋关于原子核的知识。"

此后的 8 年间，他进行了中国原子核理论的研究。

1964 年 10 月，中国成功爆炸的第一颗原子弹，就是由他最后签字确定了设计方案。他还率领研究人员在试验后迅速进入爆炸现场采样，以证实效果。

邓稼先又同于敏等人投入对氢弹的研究，最后终于制成了氢弹，并于原子弹爆炸后的两年零 8 个月试验成功。这同法国用 8 年、美国用 7 年、苏联用 10 年的时间相比，创造了世界上最快的速度。

1958 年，在前人对胰岛素结构和肽链合成方法研究的基础上，北京大学生物系和中国科学院上海生物化学研究所、中国科学院上海有机化学研究所 3 个单位联合，以钮经义为首，由龚岳亭、邹承鲁、杜雨苍、季爱雪、邢其毅、汪猷、徐杰诚等人共同组成一个协作组，开始探索用化学方法合成胰岛素。

结晶牛胰岛素的全合成在 1965 年 9 月 17 日完成了。经过严格鉴定，它的结构、生物活力、物理化学性质、结晶形状都和天然的牛胰岛素完全一样。这是人类有史以来第一次人工合成有生命的蛋白质，这在人类对生命的认知中具有里程碑意义。过去人们普遍认为生命体是天然的，人工合成生命体是不可能的，中国人首次把不可能变为现实。

人工合成牛胰岛素的成功，标志着人类在探索生命奥秘的征途中向前跨进了重要的一步，开始了用人工合成方法来研究蛋白质结构与功能的新阶段。它推动了我国胰岛素分子空间结构的研究和胰岛素作用原理的研究，使胰岛素研究形成了具有我国特色的体系，培养了一批优秀的蛋白质和多肽的研究人才。

从 50 年代后期开始，北大计算机专业的科研人员冲破重重困难，终于在 1974 年研制成功我国第一台百万次大型电子计算机，为我国以后计算机业的发展奠定了基础。

在人文社会科学方面，新中国第一任北大校长马寅初提出了具有重大理论和实际意义的"新人口论"。

1956 年，国家发出向科学进军的号召，此时，尽管公务十分繁忙，马寅初先生仍挤出时间，从事经济研究，1956—1957 年先后发表两篇论综合平衡理论的文章。他认为，只有搞好国民经济的综合平衡，才能实现国民经济的高速增长。

他还十分重视我国的人口问题。他研究问题从实际出发，非常注重社会调查，收集第一手的资料。

1953年全国人口普查后，他于1954年3次到浙江视察，5月25日先到黄岩，召开各界代表座谈会，又到乐清、温州、永嘉、宁波、嵊县等地。他说："旧时代的浙江分成11个府，我跑了10个。"

他在浙江黄岩等地看到土地改革后经济发展、人民生活安定，觉得很好，但又看到人口问题的严重性。他发现，我国的人口增长率实在太高了，每年增长22‰以上，甚至达到30‰。每年净增人口1300万，相当于一个中等国家，为此他心急如焚。

1955年，马寅初写出《控制人口与科学研究》发言稿，在征求意见的过程中，多数人反对，认为是马尔萨斯的一套。

马寅初先生认为大家是善意的，就将此发言稿收回，暂不发表，继续不断调查研究、修改、补充和继续征求意见。

1956年，他又去上海、浙江等地视察，进行调查研究。

1957年3月2日，在最高国务会议上，他就"控制人口"问题发表自己的主张，得到毛泽东的赞赏。1957年3月31日，在中华医学会节育技术指导委员会上，他着重谈了控制人口的问题，认为"生育也必须要有计划"。

同时，也指出他的主张与马尔萨斯的不同，以及马尔萨斯理论的错误。

1957 年 4 月，《文汇报》记者来采访时，他又全面批判了马尔萨斯的反动人口理论，主张"必须有计划生育和控制人口"。

马寅初在大量调查和深入研究的基础上，形成了他的人口问题的新思想。

1957 年 4 月 27 日，他在北京大学发表人口问题演讲。在可容纳几千师生的大饭厅里，他用大量的材料和生动的比喻，阐述了他在我国人口问题上的见解，主张必须实行计划生育，控制人口增长。

这个演讲稿经过加工整理成为《新人口论》发言稿，于 6 月提交人大一届四次会议。

7 月 3 日，他在会上作了《新人口论》书面发言。7 月 5 日，全文在《人民日报》上发表了。

60 年代初，著名语言学家王力教授主编的《古代汉语》、著名历史学家翦伯赞教授主编的《中国史纲要》、著名哲学家冯友兰教授编著的《当代哲学史新编》等等，由于其极高的学术水平，被列为全国高校统一教材。这些文化学术成果不仅对北大，而且对中国的文化科学发展都具有深远影响。

北大在改革春风中发展壮大

有这样一块石碑铭刻着北大学子在改革开放初期的奔放激情。石碑正面是 4 个大字：

振兴中华

背面的碑文是：

1981 年 3 月 20 日夜中国男排在香港比赛获胜消息传来，北京大学 4000 多学生集队游行，高唱国歌，喊出了 80 年代的时代最强音"团结起来，振兴中华"。特建此碑，以志纪念。

这块石碑坐落在北大图书馆左前方不远的草坪上，是 1984 年北大全体毕业生留给母校的纪念。

1984 年，在国庆 35 周年天安门广场的庆祝游行队伍中，北大学生举出一面"小平您好"的巨大横幅，道出了知识分子同改革开放总设计师亲密朴素的感情，这正是北大师生爱国情怀的真实体现。

改革开放初的拨乱反正、对学科专业结构和学生培养层次的调整，为北大的发展打下了良好的基础。20 世纪80年代是北大发展的重要时期，尽管出现了一些动荡不安，但在校领导和广大师生的共同努力下，保证了改革发展的连续性。

北大常务副校长闵维方教授在接受记者采访时说：

> 进入20世纪90年代，特别是1992年，邓小平同志视察南方发表重要谈话以来，学校抓住机遇、解放思想、加快改革步伐，逐步形成了改革发展的总体思路，陆续出台了一些改革措施。

1994年北大第九次党代会通过了《北京大学改革发展纲要》，确定了北大改革开放的总体规划。

从那以后，北大以学科建设和教学改革为龙头，以教师队伍和党政干部队伍为关键，以发展校办产业、增强经济实力为后盾，以加强党的建设和思想政治工作为保证，形成了两个文明协调发展的稳定有序、民主活泼、集中精力进行改革的政治氛围和学术氛围，在人才培养、产学研结合、加强社会主义精神文明建设等方面为我国改革开放和高教发展贡献了力量。

改革开放以后，北大顺应科技革命发展的趋势，进行了大规模的系科结构的更新改造和教学改革，使北大由原来的文理科综合大学发展为多学科、多层次、多形式的新型综合大学。

1998 年 5 月 4 日，对中国高等教育事业和国家的历史进程是一个不同寻常的日子。国家党政主要领导人出席了北京大学在人民大会堂隆重举行的庆祝建校 100 周年大会。

江泽民发表了被称为"科教兴国的动员令"的著名讲话。他以中央政府的名义郑重宣布：

为了实现现代化，我国要有若干所具有世界先进水平的一流大学。

由此，中国教育部决定在实施"面向 21 世纪教育振兴行动计划"中，重点支持国内部分高校创建世界一流大学和高水平大学，"985 工程"由此启动。

"985 工程"的主要目标是要建设世界一流大学和学科。世界一流大学是一个国家科学文化和教育发展水平的标志。

党和政府高瞻远瞩，立足于民族伟大复兴的高度，作出了我国要建设若干所世界一流大学的英明决策，这对实现我国现代化建设目标和提高国际竞争力具有重要的历史意义和现实意义。

建设世界一流大学，是推动我国高等教育整体水平跃升，实现跨越式发展的重要举措，是实施科教兴国战略和人才强国战略的重要组成部分。

建设世界一流大学，对于认识世界、探求真理、解决人类面临的重大课题，对于我国培养和造就高层次创造性人才，构筑国家创新体系，促进中华民族优秀文化与世界先进文明成果的相互交流和借鉴，实现全面建设小康社会的宏伟目标，把我国建成现代化强国，实现中华民族的伟大复兴，具有不可替代的重要作用。

在改革开放中，科教兴国伟大战略部署的第一步将从北京大学首先迈开。

北大喊出时代的最强音

1984 年 10 月 1 日上午，盛大的国庆游行队伍走过天安门广场。突然人群中出现了一条激动人心的标语："小平您好。"北京大学的学生又一次喊出了时代的强音。

标语的作者是郭建崴。

郭建崴，1963 年 12 月生于山西大同。1985 年北京大学生物系毕业后于华南农业大学教书，1990 年北京大学生物系硕士研究生毕业。同年进入中国科学院古脊椎动物与古人类研究所至今。

1981 年，他考上了北京大学生物系。金秋 9 月，这个不满 18 周岁的年轻小伙子跨进了梦寐以求的美丽燕园。

此时的北大学生，非常有理想、有朝气，关心国家大事。

郭建崴后来说："因为我们那个时候，什么也不用发愁。不愁学费、不攀比吃穿、不愁工作，国家包分配，北大学生毕业分配的工作相对来说都不错。再加上改革开放初期，政治气氛很活跃，年轻人的思维也很灵活。"

在刚入学不久，郭建崴就碰到了一件大事。那是 11 月份的一天晚上，他正在教室里上自习，突然听到外面有口号声，他跑出教室一看，有队伍游行，同学们举着火把，高喊"团结起来，振兴中华"冲出了校园。

郭建崴一打听，原来是中国女排首次夺得世界杯冠军，他第一次被北大学生的爱国热情震撼了。

后来郭建崴得知，"团结起来，振兴中华"这句80年代的时代最强音就是当年3月份，在中国男排成功进军世界杯之夜北大同学喊出的。

1984年10月1日，国庆35周年，天安门广场举行盛大阅兵式和群众游行活动。

郭建崴他们81级学生，代表北大参加大学生方队游行。当年暑假，他们几乎没有休息，提前返校开始紧张的军训，练队列、喊口号、跳集体舞。

为了纪念中日邦交正常化12周年，两个国家互派青年进行文化交流。

国庆的晚上，在天安门广场上将举行盛大的群众联欢活动，中日青年联欢是其中重要的内容，就是要跳集体舞。

进入9月份后，国家给他们发了统一的服装，是蓝色的，还发了彩纸，让他们自己扎成花束，另外还有小彩旗。

这期间，他们还参加了天安门广场游行的预演。

9月30日晚上，郭建崴他们几个在宿舍里扎花，当然心情都很兴奋。他们宿舍是28号楼203房间，主要成员有常生、张志、杜杰、柳波、王新力和郭建崴。

常生是北京人，本来是80级的学生，因为生病休学一年。休学期间，常生养成了练书法的好习惯，所以经常写毛笔字，字写得也不错。

他们边扎花边议论明天的活动。大家七嘴八舌，突然有人说："明天的游行，我们能不能偷偷带点什么进去？能展现我们个性的东西。"

常生于是就说："我写点什么，做个横幅，让全世界看看我的书法。"

他的提议当场得到了大家一致的赞成。其实，当时的规定是非常严格的，不让私自带东西进入游行队伍中。

不过，他们想，北大的学生嘛，就是应该与众不同，要张扬一下自己的个性。

郭建崴后来说："就我个人而言，参与这么一件在后来成为里程碑式的事件，在当时真的不像一些媒体报道的那样说经过很深的思考，这一切的一切其实都很偶然。"

既然决定写点东西，那么写什么呢？大家七嘴八舌议论起来，主要还是围绕着大的形势。

"振兴中华"被别人说过了，没有创意。

"教育要改革""加快改革开放步伐"等没特色。

一个个的口号被提出又被否定。这时，隔壁宿舍的几个同学也加入进来，有栾晓峰、毛小洪、李禹、于宏实、郭庆滨等几位，女生佟丹也参与进来。

这时，有人提议应该表达一下他们对邓小平同志的感情，因为当时改革开放有几年了，成效显著。

他们是改革开放的受益人，没有改革开放，他们也上不了大学。他们想表达对邓小平同志的爱戴之情。有人提出写"邓主席万岁"，这种口号立马被大家否定了。

最后决定直接问声好，就写"尊敬的邓小平同志您好"，但是又觉得句子长了点；就写"邓小平同志您好"。

大家越是议论，越是胆大，把姓氏也省略掉，干脆直呼"小平同志您好"。

于是，常生拿来一张纸，一时找不到那么大的毛笔，就用宿舍里擦桌子的抹布卷成小棒棒，蘸着墨汁写下了"小平同志您好" 6 个大字。

字写好了，怎样做成横幅呢？想来想去，只好用床单，把 6 个大字粘在上面。这时，大家一致瞄准了其中一位同学的床单，因为比较新。这位同学边从床上撤床单边说："这可是个新床单。"

把 6 个大字往床单上一比画，床单不够长。这时不知谁说了一句："把'同志'两个字也省去吧。"

这句话一出来，本来很热闹的宿舍里一下子静了下来。直接称呼国家领导人的名字，是不是有些不敬？要知道，在我们国家，对长辈、对领导是不习惯直接称名道姓的。

但是他们再一想，这是对领袖的问候，没有别的意思，不至于上纲上线吧！于是，他们就把"小平您好" 4 个大字用订书机订在了床单上。

条幅制作好了，怎么打出来？他们从几个宿舍找了 3

根长木杆，其中有拖把，把墩布头卸了，只留下棍子，把横幅绑在了杆子上。外面绕以彩带，顶端缀以纸花，横幅成了一把巨大的花束。

10月1日4时，郭建崴穿上了实验室的白大褂，把横幅藏在了里面。大家乘坐大巴来到东皇城根集合，然后步行经过王府井，到达东长安街。这时，他们偷偷将横幅交给了一名高个子同学。

张志是班长，排在第一个，杜杰、李禹、于宏实等几个紧随其后，大家用手上的纸花为他们作掩护。

当北大学生方队走到天安门金水桥东华表时，常生、李禹、于宏实等同学一下子打开横幅，队伍欢腾起来。这个时候，他们的带队老师喊："快跑，快跑！"于是，队伍便开始跑起来。

跑过去之后，郭建崴的心里还咚咚地在跳。

后来，邓小平看到横幅笑了。

中央电视台的镜头本来先拍北大的游行队伍，之后镜头立即转向了清华。这时横幅打开，镜头马上又转向北大。横幅全面展开后，场面一片欢腾。整个过程前后顶多一分钟。

可惜的是队伍过去之后他们就把横幅给扔掉了，没有保存下来。

游行结束，他们坐上校车回到学校。晚上跳完集体舞后回到北大，他们还在议论这件事。

这时，佟丹来到他们宿舍说：队伍游行时她弟弟正在一个路口上观看，听到几个警察在说北大这几个学生也太胆大了，要收拾他们。

于是，郭建崴和常生、王新力几个连夜躲到在北京的家里或亲戚家了。

过了几天，据说有新华社记者来北大生物系采访他们，老师一时很紧张，后来记者对他们说这是一件好事。

后来他们才得知，10月2日《人民日报》第二版刊登了他们举着"小平您好"横幅的照片，是《人民日报》摄影记者王东老师拍摄的。至此，他们心里才踏实下来。

"小平您好"，是20世纪80年代中国知识分子衷心拥护中国共产党解放思想、实事求是、改革开放政策的象征，成为当代知识分子与党和政府之间亲切平等关系的标志。

这个口号之所以具有无与伦比的震撼力，是因为它源自学生的自发，出于人民的心声，体现了平等的意识，闪烁着北大的精神。

这条标语成了对这个时代的标志性的写照。

喊出时代的强音，北大人又一次走在时代的前沿。

因学术主张在那个时代留下痕迹的北大教授厉以宁，在80年代初，当人们在大谈价格改革的时候，提出企业改革才是真正的出路。

1987年，当人们热衷于承包制的时候，厉以宁又说股份制才能够解决根本的问题，由此得名"厉股份"。作为享誉海内外的著名经济学家，厉以宁对于经济学与中国经济改革和发展作出了重要贡献。

他在对中国以及其他许多国家经济运行的实践进行比较研究的基础上，发表了非均衡经济理论，并运用这一理论解释了中国的经济运行。他的理论与政策主张促进了中国经济改革与经济发展，对中国经济改革与经济发展产生了积极而又重要的影响。

另一个出自北大学门，而今已是世界银行副行长兼首席经济学家的学者林毅夫，和他的新农村建设主张也对时代具有重要影响。

他的"比较优势发展战略理论"，不仅很好地诠释了中国渐进式改革的成功之道，也已成为发展经济学的一个重要流派。

林毅夫是建设社会主义新农村的最早提出者和倡导者，认为"新农村运动"不仅可以拉动内需，而且可以解决农村劳动力生活现代化的问题，只有这样才是全面建设小康社会。

站在时代前沿，北大人获得了为国家和民族贡献聪明与才智的机会。

著名法学家肖蔚云曾参加 1982 年宪法的起草，以及香港基本法和澳门基本法的起草和香港澳门回归祖国的筹备工作。参与选举法、全国人大组织法和地方组织法等宪法性法律的起草工作，这样的实践与机遇，使肖蔚云的学术生涯喷薄出光彩。

起草香港基本法时，他是政治体制小组负责人。在澳门基本法起草和筹委会的工作中，肖蔚云仍是政治体制小组的负责人。

香港基本法通过后不久，肖蔚云主编了《一国两制与香港基本法律制度》，这是国内第一部"一国两制"法律理论和基本法研究专著。

澳门基本法通过后，肖蔚云出版了《一国两制与澳门基本法》。至此，肖蔚云有关"一国两制"下的基本法理论正式创立。

北大新时期的科技创新成果

改革开放的 20 年，北京大学步入了一个全新的发展时期。这一时期也是北大科研工作结出累累硕果的时期，是北大为国家、为世界创造大量新知识、新技术的 20 年。

程民德、石青云院士等研究开发的指纹自动识别系统，在指纹识别方面大显神威。

70 年代末期，伟大祖国迎来了科学的春天。万物复苏，百废待举。我国模式识别的开拓者程民德院士，在北大首次开办了模式识别讨论班。他招收了我国第一个从事模式识别的研究生。

1979 年，程民德院士的好朋友、国际著名模式识别权威、美籍华人傅京孙教授来中国讲学。一直对傅先生充满敬意的石青云教授非常高兴，程民德先生特意将他十分看重的石青云教授介绍给傅京孙。

得知石青云步入模式识别领域才几个月的时间，就写出《关于癌细胞识别的形状特征》，傅京孙非常高兴，当即邀请石青云到美国普渡大学做访问学者。

而普渡大学正是傅京孙所在的学校，那里的模式识别研究室，是模式识别研究领域世界性的前沿阵地。

在普渡大学一年半的时间里，石青云教授抓紧一切时间汲取知识。聪慧和勤奋，使这位 1953 年起就开始在北京大学学习并学成留校教学的四川才女取得了模式识别研究的 3 个突破，连有"句法模式识别之父"称号的傅京孙也对她刮目相看。

石青云写出的 3 篇论文均在国际权威性的学术刊物上发表了。

1982 年初回到中国以后，石青云一方面协助程民德教授指导一位我国第一个从事指纹识别的博士生，一方面率先开展了"图像数据库的理论与方法"研究，并得到国家科学基金的连续资助。

1982 年至 1985 年，在石青云主持的基金项目中，对数字图像的离散几何性质进行了深入研究，创造了从指纹灰度图像精确计算纹线局部方向进而提取指纹特征信息的理论与算法。

1986 年至 1990 年，石青云主持了国家"七五"科技攻关"模式识别图像数据库"的研究项目，取得 4 项具有国际先进水平的成果，她也荣获国家"七五"科技攻关重大科技成果奖。

在她主持的国家"七五"科技攻关项目中，研究成功了适于民用身份鉴定的全自动指纹鉴定系统，以及适于公安刑事侦破的指纹鉴定系统，从而开创了我国指纹自动识别系统应用的先河。

这两个鉴定系统的完成，说明指纹自动识别在 80 年代末期就已经成为我国的一项重大科技成果，对于这样重大的科技成果，如何产业化，石青云在探索，北大在探索，中国在探索。

说来很巧，当时在北大做科技开发部主任的一位老师，正赶上他在美国的一位华人好朋友找他，说美国一家叫 AMAX 的华人公司想在北大找一些好项目，进行合作开发。这位开发部主任就将技术领先的北大指纹自动识别系统介绍给了他的朋友。北大指纹自动识别系统的技术先进性，一下子吸引了他的朋友。经过接触洽谈，他们达成了协议：与 AMAX 公司合作，共同组建一个新公司，名叫 COGENT，在美国开发销售指纹自动识别系统。北大用技术入股，占 49% 的份额；AMAX 公司投入资金，占 51% 的股份。

1989 年 7 月，石青云老师和北大科技开发部主任带领一个科研小组，来到了美国洛杉矶。公司成立了，在美国的事务，如公司注册、开发场所的选定、市场开拓等，由在美国的合作者打理，石青云及所带的学生专心致志地进行科技开发。

美国的这位合作者有一个在硅谷警署工作的警察朋友。这位合作者请警察朋友帮忙，说通警署同意，在硅谷警署开发了第一套警用指纹自动识别系统。这套系统应用不久，就成功地破了案。

1990 年，美国洛杉矶社保局公开招标"实现救济金发放控制"项目。这是一次国际性招标，投标者有大名鼎鼎的日本 NEC，有北美另一著名指纹厂商 Morpho，还有一个是联合体 EDS 公司。EDS 公司联合了 HP 和 CO-GENT。EDS 负责管理方面的系统集成，HP 出计算机硬件，COGENT 出指纹自动识别系统的软件。

洛杉矶社保局毫不犹豫地选择了 EDS 公司，选择了北大指纹系统。

石青云主持开发的指纹自动识别系统，分警、民两种用途。

民用系统的精确性要求更高，因为它是对人的身份进行鉴定的系统，要求全自动，解决的是"我是谁"的问题。而警用系统则是根据相似性得分给出候选对象，允许有一定的人工干预。

日本 NEC 和北美 Morpho 的产品全是公安方面的产品，他们的系统很大，但不是全自动的。而洛杉矶社保局的救济金发放控制，要求系统全自动，而且要在工作站上就可以实现。这也是洛杉矶社保局为什么选择北大系统的真正原因。

这次招标后，美国当地媒体对北大系统做了很高评价：

> 这是世界上指纹自动识别系统的第一次非公安应用；是在工作站上实现的第一个全自动系统。

此次招标后，北大指纹技术在美国一炮打响，利用北大指纹技术创建的 COGENT 在美国有了一定名声。

北大指纹自动识别系统因其先进性对社会进步的推动，在"七五"科技攻关项目中被鉴定评价为"居于国际领先地位"的科技成果。

这项技术于 1991 年获中国国家教委科技进步一等奖，1993 年获得中国国家科技进步二等奖。鉴于石青云的科学成就，1993 年她光荣地当选为中科院院士。

1991 年底，因工作需要，石青云回到北大。北大与 COGENT 公司的合作也因此而结束。北大与 COGNET 公司签订了新的协议，双方在原有技术基础上各自寻求今后的发展。石青云留给 COGENT 的只是指纹自动识别系统的第一代算法，留下的还有石青云老师带到美国的学生。现在 COGENT 公司的主要技术骨干，仍是当年石老师的学生。

北大对石青云的指纹自动识别系统非常重视，并以这项技术为依托，创办了北大自己的公司。北大要用中国人自己的技术，为中国人民的公安事业，为科技强警，为中国的国民安全服务。

1993 年北大创办了北大高科指纹技术有限公司。

新的北大公司成立后，石青云继续她的研究。在研究中，石青云基于指纹方向图，又提出快速纹型分类和准确提取指纹中心、三角、形态和细节特征的全套新算法，以及统一处理无中心和有中心情况的高效指纹匹配算法。

这套新算法的提出，被人们称为指纹自动识别第二代算法。正是这一套创新算法的推出，使石青云在国家"八五"科技攻关专题中，研究成功技术先进的指纹自动鉴定实用系统、警用指纹自动识别系统和民用指纹自动识别系统。

利用这套技术，北大与上海市公安局共同完成了国家重点科技攻关专题"大容量指纹自动识别系统"的研究，并于1996年通过了公安部组织的验收。

北大指纹自动识别系统正式通过公安部验收，也为这套系统迅速在我国普及打开了通道。

北大指纹自动识别系统的推出，使广大公安干警从繁重的人工查对指纹中解放出来。

浙江是1997年开始使用北大指纹自动识别系统的。浙江采取省、地二级建库，省、地、县三级查询的方式，形成了独特的"浙江模式"。

湖北宜昌市也是采用北大指纹自动识别系统较早的城市，并破了许多大案。指纹自动识别系统不但使宜昌破了许多大案、要案，最重要的一点是促进了科技进步，提升了人们的科技观念，改变了公安干警粗放型凭记忆工作的模式，提高了公安部门的素质技能，推动了社会进步。

在植物基因工程和基因分子调控研究等方面，陈章良教授的工作取得了卓越成就。

张青莲院士等合作测定的稀有元素铟、铕、铈等，被国际原子量委员会确认为原子量数据标准。

　　杨芙清院士主持研制的"青鸟软件开发系统"、地球物理系的中国北方暴雨成因研究及其与国家气象局合作研制的"中期数值预报业务系统"等一批成果均获得国家重大科技奖励，对促进我国高新技术发展和国民经济建设起到了积极作用。

　　在北大历史上诸多"第一"中，由王选教授等研制的中文电子出版系统，使我国四大发明之一的印刷术告别了铅与火，北大方正集团公司也成为世界最大的中文出版系统开发和供应基地。

　　这完全得益于王选对真理的不断追求和创新精神。1975 年，王选对国家正要开展的汉字激光照排项目发生了兴趣。

　　此时，在北京和平西街通往和平街的便道上，王选正像往常一样，匆匆地赶往中国科技情报所查阅外文资料。从着手汉字精密激光照排系统的研究开始，每周他都要挤公交车往那里跑三四次，一待就是半天。

　　从北大到情报所的车费是 2 角 5 分，不过少坐一站就可以省下 5 分钱，王选就尽量节约，提前一站下车，步行前往情报所。

　　此时，中国的印刷业现状是远远落后于西方国家的。1946 年，西方就已经发明了第一代照排机，到 1975 年都过去 30 年了。

　　汉字照排系统的问题却一直没有得到圆满解决，使得我们的印刷行业还处在沿用了近百年的铅字印刷阶段。

铸字耗用的铅合金达 20 万吨，铜模 200 万副，当时价值人民币 60 亿元，能耗大，效率低，环境污染大。而此时，中国最多的厂，恐怕就是印刷厂了。

最前沿的需求刺激是创新的源泉。这是王选后来总结出来的一条宝贵经验。

在国产计算机条件简陋的情况下，走常规的科研道路显然是不行的。日本流行的是第二代光学机械式照排系统，欧美流行的是第三代阴极射线管式照排系统。在实现汉字照排自动化方面，日本在美国、原西德的帮助下，已经研制出一些设备。

深思熟虑之后，一个最大胆、最前瞻的设想在王选的脑海里初具雏形：采取跨越式发展的技术路线，直接研制国外尚无商品的第四代激光照排系统。

这一想法，在一般人看来无异于天方夜谭。要知道，世界上第一台激光照排机还在研制当中，就凭王选一个"小助教"，能行吗？

1976 年 12 月，王选写出了"748 工程汉字精密照排系统方案说明"，此后他设计的激光照排控制器，成为汉字激光照排的核心。

但此时让王选感到苦涩的是，研究成果得到政府和学校的承认，却不被用户采纳。

1985 年 7 月的访美之行，给了他很大的刺激。王选后来回忆说：

在纽约 HTS 总部，他们的总裁春风得意地接待了我，原来他刚从北京回来，和我们的一家大报社签订了 430 万美元的照排设备合同。我当时的心情难以言表。因为就在同年 5 月，我们 6 家单位通力协作，前后历时 5 年研制而成的华光 II 型系统就已经通过了国家级鉴定。

系统有问题，解决；用户有需求，服务。王选的耐心和恒心终于感动了用户，《经济日报》成为方正集团的第一个报社用户，当他们的印刷厂承印的所有报纸和书刊全部用上激光照排，最终卖掉铅字、字模等一切铅作业设备的时候，"告别铅与火，迎来光与电"真正变为现实。

国产激光照排系统使我国传统出版印刷行业仅用了短短数年时间，从铅字排版直接跨越到激光照排，走完了西方几十年才完成的技术改造道路，被公认为毕昇发明活字印刷术后中国印刷技术的第二次革命。

王选两度获中国十大科技成就奖和国家技术进步一等奖，并获 1987 年我国首次设立的印刷界个人最高荣誉奖毕昇奖，王选本人被誉为"当代毕昇"。

王选是中国新一代科学工作者的杰出代表，具有强烈的市场判断力和前瞻意识，被人们誉为具有市场头脑的科学家。

从 1981 年开始，他便致力于研究成果的商品化工作，使中文激光照排系统从 1985 年成为商品，逐渐占领了国内报业 99% 和书刊出版业 90% 的市场，以及 80% 的海外华文报业市场，创造了巨大的经济和社会效益。

1988 年后，他作为北大方正集团的主要开创者和技术决策人，提出"顶天立地"的高新技术企业发展模式，积极倡导技术与市场的结合，闯出了一条产学研一体化的成功道路。

王选教授倡导团队精神，以提携后学为己任，培养和造就了一大批年轻的学术骨干，生动体现了一位新时代教师的价值观。

1993 年，王选主动表示自己的创造高峰已经过去，今后的贡献在于培养出超过自己的年轻人。

这一年，他把 3 个年轻人同时推上研究室主任的位子，还随身带个笔记本，记录研究院每个年轻人的兴趣、特长、导师评语和进步，每天都在琢磨如何发挥每个研究人员的潜能，给予他们一个充分实现自我价值的舞台。

在他的培养下，一批敢于创新、敢于拼搏的青年科学家走到了科学前沿。

1996 年，方正集团收入增长到 40 亿元。在发展势头极猛的时候，王选居安思危，提出"成功是失败之母"，提出要持续创新研究下一代核心技术，以使方正集团永远立于不败之地。

北大人文领域结硕果

改革开放以后，北大文科领域也取得了一大批高水平的研究成果。

东方学系季羡林教授在佛典语言、中印文化关系史、佛教史、印度史、印度文学和比较文学等领域，创作颇多，著作等身，成为享誉海内外的东方学大师。他还精于语言，通英文、德文、梵文、巴利文，能阅俄、法文，尤其精于吐火罗文，是世界上仅有的精于此语言的几位学者之一。

季羡林是国内外为数很少的真正能运用原始佛典进行研究的佛教学学者，把研究印度中世语言的变化规律和研究佛教历史结合起来，寻出主要佛教经典的产生、演变、流传过程，借以确定佛教重要派别的产生、流传过程。

1948年起，季羡林就开始对新疆博物馆藏吐火罗剧本《弥勒会见记》进行译释，1980年又就70年代新疆吐鲁番地区新发现的吐火罗语《弥勒会见记》发表研究论文多篇，打破了"吐火罗文发现在中国，而研究在国外"的欺人之谈。

他的《敦煌吐鲁番吐火罗语研究导论》，被认为是一部"我国前所未有的开创性著作"。

季羡林还在中印文化交流史研究方面有着很高的成就。他的《中国纸和造纸法输入印度的时间和地点问题》《中国蚕丝输入印度问题的初步研究》等文，以及《西游记》有些成分来源于印度的论证，说明中印文化是"互相学习，各有创新，交光互影，相互渗透"的。

在中外文化交流史研究方面，季羡林于80年代主编了《大唐西域记校注》《大唐西域记今译》，并撰写了10万字的"校注前言"，是国内数十年来西域史研究的重要成果。

1996年完成的《糖史》更展示了古代中国、印度、波斯、阿拉伯、埃及、东南亚，以及欧、美、非三洲和这些地区文化交流的历史画卷，有重要的历史和现实意义。

《罗摩衍那》是印度两大古代史诗之一。季羡林经过10年坚韧不拔的努力，翻译介绍了印度文学作品2万余颂，译成汉语有9万余行，这是我国翻译史上的空前盛事。

80年代初，季羡林还首先倡导恢复比较文学研究，号召建立比较文学的中国学派，为我国比较文学的复兴，作出了巨大贡献。

从80年代后期开始，极力倡导东方文化研究，主编大型文化丛书《东方文化集成》500余种、800余册，预计15年完成。

季羡林认为，从以上著述中可以清楚地看到，他这一生是翻译与创作并举，语言、历史与文艺理论齐抓，对比较文学、民间文学等也有浓厚兴趣，是一个典型的地地道道的"杂家"。

中文系古文献研究所整理的《全宋诗》，是迄今中国最大的一部断代诗歌总集。

考古系的山西晋侯墓考古发现使国家重点项目"夏商周断代工程"取得重大进展。

另外，费孝通教授的《小城镇四记》等论著，吴树青教授等的邓小平理论研究，厉以宁教授的股份制理论研究，肖蔚云教授关于"一国两制"和香港基本法问题的研究等成果，为国家决策提供了重要依据，受到社会各界的广泛关注。

北京大学正以她崭新的步伐迈向新时代，并以丰富的知识造福伟大的祖国和人民。

本书主要参考资料

《北大百年：1898—2008》李志伟著 作家出版社

《在北大听讲座》 文池主编 新世界出版社

《北大旧事》陈平原 夏晓虹编 北京大学出版社

《老北大的故事》陈平原著 江苏文艺出版社

《北大之精神》赵为民主编 世界图书出版公司

《我心中的北大精神》韩流主编 北京大学出版社

《北大校长与中国文化》汤一介编 北京大学出版社

《走近北大》钱理群著 四川人民出版社

《北京大学年鉴》赵存生著 北京大学出版社

《北大缤纷一百年：北京大学建校 100 年庆典纪盛》

李宪瑜编 北京大学出版社